URSULA UND SIEGFRIED SCHÜTT

DAS GROSSE FRESSEN • FABELN UND MÄRCHEN

Die Weiße Reihe

Band 11

Ursula & Siegfried Schütt

DAS GROSSE FRESSEN

Grimmige Fabeln
und fabelhafte Märchen

qV

quartus-Verlag

GRIMMIGE FABELN

DIE HASEN UND DER KÖNIG

Die Hasen hatten einst einen aus ihrer Mitte zu ihrem König gemacht, der verstand nichts vom Regieren und ließ sich auch nichts sagen, weshalb die Flur verkam.

Die Hasen verjagten ihren König.

Die angrenzende Flur gedieh prächtig, die Hasen dort waren größer und ihre Löffel länger. Da sagten die Hasen des verkommenen Landes: „Euer König soll auch unser König sein."

Der König war's zufrieden und versprach: „In meinem Reich dürft ihr alles sagen."

Der König ließ Wasser über das ausgedörrte Land gießen. Der Mutterboden wurde an manchen Stellen weggeschwemmt und etliche Sassen überflutet. An anderen Stellen sprossen Gräser und Kräuter üppig.

„So geht das nicht, wir wollen schließlich alle lange Löffel bekommen", sagten die unzufriedenen Hasen.

Der König gab ihnen recht.

Die Hasen warteten.

Dann gingen sie erneut zum König: „Wir haben dir gesagt, was uns missfällt."

„Das dürft ihr sagen", bestätigte er.

„Aber es ändert sich nichts."

„Auch das dürft ihr sagen."

ZEITLICHER IRRTUM

Die Zeit war in Bewegung geraten und die Mauer, die Kurzlöffelhasen von Langlöffelhasen trennte, eingestürzt. Die Hasen freuten sich unbändig, weil sie ihre Sassen nun in der gesamten Flur anlegen konnten. Langlöffelhasen und Kurzlöffelhasen beschnupperten sich und stellten fest, dass sie sich nicht nur in der Länge der Löffel, sondern auch in deren Gebrauch unterschieden. Die Langlöffel bestimmten, dass ihre Methode richtig sei, aber längst nicht alle Kurzlöffel fanden das gut. Alle Hasen waren gekränkt.

Die Zeit bewegte sich wie eine Fieberkurve und viele Hasen stürzten nach unten oder wurden auch mal ein Stück empor gerissen. Nicht wenige Hasen gerieten ins Taumeln und suchten nach Schuldigen für die unberechenbaren Erschütterungen.

„Das liegt an den Langlöffeln, die sind gierig und glauben, sie wüssten alles besser“, ärgerten sich viele Kurzlöffelhasen.

„Das liegt an den Kurzlöffeln, die sind faul, spießig und unflexibel“, mokierten sich viele Langlöffelhasen.

Wenn die Bewegung der Zeit dich erschüttert, halte dich an deinem Vorurteil fest.

WIE DIE AMSEL KÖNIGIN WURDE

Im Vogelreich sollte König werden, wer am besten singen konnte. Viele Vögel stellten sich zur Wahl. Vogelgezwitscher ertönte ohne Ende.

Alle Vögel flochten in den eigenen Gesang Motive der anderen ein, um sich auch bei Vögeln beliebt zu machen, die Tonfolgen der eigenen Art bevorzugten.

Am besten gelang das der Amsel, deshalb wurde sie Königin. Doch kaum hatte sie den Thron bestiegen, sang die Amsel wieder, wie es ihrer Art entsprach.

„Dein Gesang war vor der Wahl vielversprechender“, beschwerten sich die Vögel.

„Was interessiert mich mein Gesang von gestern“, flötete die Amsel.

Die Amsel, langjährige Königin im Wald, erfuhr, dass die Maulwürfe eines anderen Waldes, mit dessen Regierung sie seit langem befreundet war, ihre Lieder belauscht und die Melodien gespeichert hatten.

„Abhören unter Freunden? Das geht gar nicht!" empörte sich die Amsel.

Das war natürlich Unsinn, denn die Maulwürfe hatten ja bewiesen, dass es ging. Außerdem war längst bekannt, dass die fremden Maulwürfe die Tiere des Waldes belauschten. Aber bisher hatte die Amsel geglaubt, dass ihre eigenen Lieder davon nicht betroffen seien und fröhlich weiter gezwitschert.

Sie stellte den Raben, den König des anderen Waldes, zur Rede. Dem war das Ganze peinlich. Er sagte, er wisse von gar nichts und versprach, seinen Maulwürfen auszurichten, dass sie die Amsel nicht mehr belauschen sollten. Dass die Maulwürfe sich danach richten würden, versprach er nicht.

Die unvollständige Wahrheit ist keine Lüge, sondern Diplomatie.

FACHKENNTNISSE

Das Berufsinformationszentrum hatte die Abiturienten des Waldgymnasiums eingeladen zur Berufs- und Studienberatung.

Den Mäusen wurde zu einer Ausbildung in der Bank geraten, dem Storch ein Medizinstudium empfohlen, die Amsel wurde wegen ihres Nachahmungstalents über den Beruf des Sprachmittlers informiert und dem Bussard schlug man eine Pilotenausbildung vor. Der Uhu sollte Jura studieren, weil er im Dunkeln sehen konnte.

Die Beratung des Hasen nahm die meiste Zeit in Anspruch.

„Und" fragten die anderen, „was hat man dir empfohlen?"

„Politiker", sagte der Hase verlegen und kratzte sich hinter den Löffeln.

„Politiker?" fragte der Uhu ungläubig. „Aber so gescheit bist du doch gar nicht."

„Nein", sagte der Hase, „aber ich kann am besten Haken schlagen."

WER DIE WAHL HAT …

Bei den Füchsen, Rehen und Rotkehlchen, den Goldammern, den Maulwürfen, Krähen und Elstern, bei den Grünspechten, sogar bei den Fröschen im Teich entstand vor der Wahl für die nächste Waldregierung Geschäftigkeit. Die großen Tiere veranstalteten viele Meetings und Podiumsgespräche, sendeten über den Busch-Kanal Talk-Shows und Gesprächs-Duelle, in denen die Wahlversprecher behaupteten, nur Tiere ihrer Farbe sicherten allen Waldbewohnern ein artgerechtes Leben. Von den Bäumen baumelten Plakate mit Fotos der Favoriten und markigen Sprüchen wie *Wir haben den größeren Schnabel, Schwanzwedeln muss belohnt werden* und *Wir haben die bessere Piep-Show*.

Nach der Wahl interviewte der Storch den Hasen:

„Sie haben gewählt. Warum?“

„Ach“, sagte der Hase, „besser eine Wahl als gar keine Träume.“

DER HAMSTER UND DIE AMEISE

„Ihr armseligen Ameisen“, sagte der Hamster. „Verlohnt es sich der Mühe, dass ihr den ganzen Sommer arbeitet, um so ein weniges einzusammeln? Wenn ihr meinen Vorrat sehen solltet.“

„Höre“, antwortete die Ameise „wenn er größer ist, als du ihn selber brauchst, so ist es schon recht, dass die Menschen dir nachgraben, deine Scheuern ausleeren und dich deinen räuberischen Geiz mit dem Leben büßen lassen.“

„Das ist Literatur“, sagte der Hamster. „In Wirklichkeit sind die Menschen anders.“

„Wie sind sie denn?“ fragte die Ameise.

„Sie haben mich unter Naturschutz gestellt.“

ANDERE ZEITEN

Als die alte Geiß neulich nach Hause kam, saßen die Geißlein mit dem Wolf am Tisch und spielten Monopoly. Die alte Geiß wollte den Jäger holen, aber die Geißlein winkten ab. Die alten Zeiten seien vorbei. Der Wolf dürfe keine Geißlein fressen, er habe umgeschult und sei jetzt Berater bei einer Bank.

Auf seinen Rat hin verpfändete die Geiß ihr Häuschen gegen einen Kreditvertrag, um für alle ihre Geißlein Rentenversicherungen zu finanzieren.

Die Zeiten ändern sich, der Wolf nie.

DAS GROSSE FRESSEN

Ein Bär gründete eine Futterbank und versprach allen Tieren, den Teil der Beute, den sie nicht sofort auffraßen, vor Raubgesindel zu sichern, damit sie auch in Notzeiten, im Alter und bei Krankheit versorgt seien.

Nun hatte der Bär genügend zu fressen.

Die Tiere wussten zu schätzen, dass sie immer dann, wenn sie zu wenig erbeutet hatten, vom Bären aus der Futterbank versorgt wurden. Sie konnten auch von den Reserven der anderen bekommen, wenn sie dem Bären versprachen, dieses Futter und ein Geringes mehr bis zu einem bestimmten Zeitpunkt zurückzugeben.

Der Bär fraß gierig. Das bemerkte niemand, solange die Tiere von den Vorräten bekamen, was sie brauchten. Aber eines Tages war die Futterbank leer.

Die Tiere beklagten sich beim Uhu, den sie für klug und weise hielten, und verlangten, dass der Bär verjagt werde.

„Niemand kann eure Reserven so gut vor Raubgesindel schützen wie der Bär", sagte der Uhu. „Eure Vorräte sind sicher. Der Bär muss versprechen, nicht mehr so gierig zu sein. Etwas steht ihm für die Sicherung eurer Vorräte jedoch zu."

Auf Anweisung des Uhus lieferten die Tiere den größten Teil ihrer Beute ab, damit der Verlust ausgeglichen werden konnte, der durch das große Fressen des Bären entstanden war.

Der Bär rieb sich den Bauch.

Der Fabel fehlt die Moral? Nicht nur der Fabel.

EINE FRAGE DER AUSLEUCHTUNG

Ein Rehbock beobachtete aus seinem Gehege in einem Tierpark eine Rehfamilie auf einer Wiese am Waldrand beim Äsen. Sehnsüchtig sah er ihnen nach, als sie mit weiten Sprüngen über die Wiese setzten und im Wald verschwanden.

So hohe weite Sprünge möchte ich auch tun, dachte der Rehbock und jagte in seinem Gehege von einem Zaun zum anderen. Er grämte sich wegen der Begrenztheit seiner Welt.

Einmal gelang ihm der Sprung über den Zaun.

Er setzte in hohen weiten Sprüngen über die Wiese und verschwand im Wald.

Freiheit für hohe weite Sprünge hatte der Rehbock nun genug. Aber seine Nahrung musste er sich selbst suchen, sein Lager selbst bereiten. Besonders hart wurde das Leben im Winter. Mühsam suchte er Gräser und Kräuter unter der verharschten Schneedecke, deren harte Krusten in seine Fesseln schnitten. Er grämte sich wegen des beschwerlichen Lebens im Wald.

Sehnsüchtig erinnerte sich der Bock an das Leben im warmen Stall des Tiergeheges, an ausreichend Futter und Ruhe, und er erzählte mit Wehmut davon. Die Rehe hörten mit großen Augen zu.

Die Erinnerung richtet schmale Scheinwerfer in die Vergangenheit.

FARBREFLEXE

Das Eichhörnchen musste zum Amt. Hinter dem Schreibtisch saß der Fuchs.
„Das soll verstehen, wer will“, schimpfte das Eichhörnchen, „mich haben sie wegen der Farbe meines Fells entlassen, du bist doch genau so rot!“

„Aber ich habe eine weiße Weste!“ sagte der Fuchs.

„Man sollte in deinem Fall einmal die Gänse befragen!“, fauchte das Eichhörnchen

„Dummchen“, lachte der Fuchs, „längst geschehen! Wer gibt denn etwas auf deren Geschnatter!“

*

„Na, immer noch bei den Roten?“ fragte der Wolf das Eichhörnchen.

„Ich ändere die Farbe meines Fells nicht wie gewisse andere Leute!“ antwortete das Eichhörnchen.

„Falls du mich meinst“, knurrte der Wolf, „ich war schon immer grau mit einer Tendenz zu schwarz.“

Das Eichhörnchen keckerte: „Du bist aber ganz schön nachgedunkelt. Und geredet hast du früher mit deiner roten Zunge!“

„Das tu ich auch heute noch bei Gelegenheit“, sagte der Wolf, „für jemanden mit meinem Ruf ist das gar nicht so übel.“

*

„Ihr würdet auch mit den Roten koalieren?“ fragte die Krähe den Grünspecht.

Der wunderte sich: „Hast du etwas gegen Eichhörnchen und Rotkehlchen?“

„Da gibt's aber auch noch den Fuchs“, krächzte die Krähe.

„Na und“, der Grünspecht bekam vor Ärger einen dunklen Schimmer, „in eurer Farbreihe sitzt der Wolf. Wir arbeiten mit allen zusammen, die den Wald als Lebensraum bewahren.“

„Und wer entscheidet, wie der Lebensraum auszusehen hat“, fragte die Krähe mit spitzem Schnabel. „Der Wolf oder das Rotkehlchen?“

„Im günstigsten Falle die Vernunft“, antwortete der Grünspecht.

*

„Warum legst du dich nicht auf eine Farbe fest?“ fragte der Kanarienvogel den Distelfink. „Der Karriere ist das allemal dienlich.“

„Ich bleibe, wer ich bin“, antwortete der Distelfink, „und singe, wie mir der Schnabel gewachsen ist.“

„Entsetzlich!“ piepste der Kanarienvogel, „diese bunten Vögel begreifen einfach nicht, was die Zeit gebietet.“

NADELKUNDE

Eine Stecknadel und eine Nähnadel waren lange Jahre befreundet.

Die Nähnadel ärgerte sich wegen der schlechten Qualität des Nähfadens und der Provinzialität der Stoffe in der Schneiderei, wurde immer spitzer und stach heftig um sich, bis die Sicherheitsnadeln, die überall herumlagen, weil sie die Löcher in den Nähten verbergen sollten, sie unter den Tisch fallen ließen. Dort lag sie verbittert in einer Dielenritze und konnte von Glück reden, nicht mit dem Kehricht weggefegt zu werden. Die Stecknadel besuchte sie manchmal und hörte ihr aufmerksam zu, wenn sie sich beschwerte.

Ausgerechnet die Stecknadel steckte den Sicherheitsnadeln, dass die Nähnadel die Schneiderei miserabel fand.

Stecknadeln gibt es immer. Aber hüte dich vor Schneidereien, in denen Sicherheitsnadeln entscheiden, wer unter den Tisch fällt.

LERNPROZESS

In einer Schublade lagen ein altes rotes Parteibuch und ein Geldschein nebeneinander.

„Früher“, prahlte das Parteibuch, „hatte ich die führende Rolle im Land.“

„Na, na“, widersprach der Geldschein, „es gab schließlich noch mehr Parteien.“

„Die mussten alle machen, was ich wollte“, sagte das Parteibuch. „Das stand sogar in der Verfassung.“

„Weil du allein regieren wolltest“, höhnte der Geldschein, „ist alles in die Brüche gegangen. Ich war es, der größeren Schaden abgewendet hat. Deshalb habe jetzt ich die führende Rolle im Land.“

„Na, na“, widersprach das rote Parteibuch, „die Regierung wird dir schon zeigen, was du zu tun und zu lassen hast.“

„Hach“, freute sich der Geldschein, „die braucht mich und macht, was ich will.“

Das Parteibuch kicherte schadenfroh: „Du allein in der führenden Rolle?“

Und dann strahlte es in seinem schönsten Rot.

Viele Eichhörnchen lebten in einem Landstrich, in dem etliche Haselnusshaine zugrunde gegangen oder gerodet worden waren. Sie konnten nicht selbst für ihr Auskommen sorgen.

Ein Eichhörnchen war zur Talkshow bei einem Fernsehsender eingeladen, weil auch ein Betroffener über dieses Problem sprechen sollte. Die übrigen Eichhörnchen saßen in der Kneipe vor dem Fernseher, um sich die Sendung anzusehen.

Minister Seidenschnabel, ebenfalls Gast der Show, bestätigte, dass es das natürliche Recht jedes Eichhörnchens sei, seine Haselnüsse selbst zu suchen. Aber er sagte auch, die Eichhörnchen, besonders die älteren, müssten mehr dafür tun, um wieder Beschäftigung zu finden. Das Eichhörnchen erzählte, wie viele Bewerbungen es geschrieben hatte, wie viele Vorstellungsgespräche geführt, nannte seine Qualifikationen – es könne nicht nur Haselnüsse pflücken, sondern auch vergraben, wieder finden und knacken. Es könne Kogel bauen. Es sei sogar bereit, das außerhalb des heimischen Waldes zu tun. Es war das Musterbeispiel eines Eichhörnchens, nur, leider, nicht mehr jung.

Der Minister sagte, es sei unverständlich, dass so ein tüchtiges Eichhörnchen keine Arbeit habe, rief einen Bekannten an, dem ein Haselnusshain gehörte, und das Eichhörnchen wurde eingestellt. Das rosa überhauchte schwarze Gefieder des Seidenschnabels glänzte und die gelben, roten und grünen Schwanzspitzen vibrierten vor Stolz.

In der Kneipe wurden an diesem Abend zwei Fragen diskutiert:

Erstens: Warum müssen die Eichhörnchen zum Arbeitsamt, wenn der Minister viel erfolgreicher Arbeitsplätze vermittelt?

Zweitens: Woher bekommt jedes Eichhörnchen einen Minister?

NOSTALGIE

Die Maus stellte sich auf den Marktplatz und rief so laut sie konnte: „Der Bär muss zurücktreten. Er ist gefräßig. Er gehört nicht in den Rat der Tiere.“ Immer lauter rief die Maus. Sogar ein Spruchband hielt sie hoch, auf dem stand: „Der Honig den Bienen, die Pilze den Rehen!“

Viele Tiere liefen an der Maus vorbei, einige blieben stehen und gaben ihr recht, andere schüttelten die Köpfe. Zwei Katzen schoben ihre Polizeimützen in den Nacken, räkelten sich an der besonnten Wand des Rathauses und leckten Katzenfutter aus der Dose.

Als die Maus vom lauten Rufen heiser war, setzte sie sich in eine Kneipe und weinte.

„Warum weinst du denn? Es hat dir doch niemand etwas getan“, sagte der Wirt.

„Das ist es ja“, schluchzte die Maus, „früher wäre ich für so etwas gefressen worden; heute übersehen sie mich einfach.“

LÖSUNGSANSATZ?

An den Hängen einer baumreichen Gegend wuchsen so wenige Haselnussbüsche, dass die dort lebenden Eichhörnchen nicht genügend Nüsse zum Sattwerden fanden. Deshalb holten sich einige, die im Kampf um die Nüsse unterlagen, monatlich eine karge Ration vom Haselnussamt.

Der Kranich, der die Nüsse des Haselnussamtes verwaltete, sagte verärgert: „Ihr könnt nicht alles vom Amt erwarten. Zumindest fürs Alter müsst ihr vorsorgen."

„Wie denn?" fragten die Eichhörnchen.

„Fresst nicht alles auf. Vergrabt die Nüsse, dann wachsen daraus neue Haselnussbüsche."

„In der Zeit verhungern wir", sagten die Eichhörnchen.

„Ja", sagte der Kranich. „Und?"

GESELLSCHAFTLICHE SCHRANKEN

Ein Regenwurm und ein Engerling hatten sich ineinander verliebt. Als sich der Engerling verpuppte, harrte der Regenwurm in der Erdhöhle zusammengerollt den ganzen Winter neben ihm aus. Im Frühjahr verwandelte sich die Puppe in einen Maikäfer und forderte den Regenwurm auf, mit ihm gemeinsam zu fliegen. „Das kann ich nicht“ sagte der Regenwurm.

„Wahre Liebe überwindet alle Hindernisse“, entgegnete der Maikäfer, „wenn du nicht fliegen kannst, musst du es eben lernen.“

Sie krochen nacheinander aus dem Boden ins späte Zwielicht des Waldes, wo der Maikäfer zu einer Buche mit appetitlich grünen Blättern flog, während ein Kuckuck den Regenwurm verschlang.

„Man soll sich eben nicht mit bildungsfernen Schichten einlassen“, seufzte der Maikäfer.

DER WOLF ALS PHILOSOPH

Die Hunde eines Dorfes beobachteten, wie sich einer ihrer Gefährten auf freiem Feld mit einem Wolf traf und sich lange mit ihm unterhielt.

Als der Pudel zurück ins Dorf kam, wurde er von den anderen Hunden umringt und beschuldigt, die eigene Art verraten zu haben.

„Keineswegs", versicherte der Pudel, „wir haben nur über gewisse Lebensgrundsätze diskutiert. Der Wolf hat Philosophie studiert, er ist ein sehr gebildetes Tier. Er sprach über die Vitalität einer panisch reagierenden Herde und den Hörgenuss, den ihm ein Chor ängstlich blökender Schafe bereitet."

„Der Wolf tötet Hunde!" rief ein Husky.

„Der Wolf tötet Schafe!" rief ein Schäferhund.

„Der Wolf tötet Ziegen!" rief ein Collie.

„Aber nein", versicherte der Pudel, „der Wolf steht über den Dingen, er denkt nicht nur ans Fressen. Sein Vergnügen an Blutgeruch und aufgerissenen Leibern ist rein ästhetischer Natur. Er frisst Beeren und Hagebutten. Außerdem ist er ein Verwandter von uns, wir haben viele Gemeinsamkeiten."

„Nur im Aussehen, nicht in den Zielen", knurrte der Collie.

„Wir können zusammen leben. Man muss sich nur verständigen", sagte der Pudel.

„Mit einem Wolf?" fragte der Schäferhund verächtlich

„Der Wolf wird den Schafen nichts tun, er verehrt sie", versicherte der Pudel.

Der Wolf riss tatsächlich nicht ein einziges Schaf. Er verfasste ein philosophisches Werk über die Wege zum friedlichen Miteinander von Wölfen, Schafen, Ziegen und Hunden. Das Schaf, schrieb er, sei Vorbild für alle, denn es sei genügsam und tue keinem anderen Tier etwas zuleide. Das Buch stand monatelang auf den Bestsellerlisten und wurde in allen Medien diskutiert. Der Wolf reiste zu Vorträgen und Lesungen und erhielt viele Auszeichnungen.

Sein Lammfleisch wurde ihm, zubereitet auf weißem Porzellan, von Wölfen im Schafspelz serviert.

HINDERNIS

Der Storch, der täglich klappernd alle Neuigkeiten verbreitete, interviewte den Uhu:

„Wie ist es zu erklären, dass in der Waldschule die Bildungsergebnisse immer schwächer werden und die Tierkinder häufig schlecht erzogen sind?“

„Unser Bildungssystem müsste dringend reformiert werden“, klagte der Uhu.

„Früher soll es doch in einigen Waldgebieten ein solides Bildungssystem gegeben haben, warum hat es die Regierung nicht im gesamten Wald eingeführt?“ fragte der Storch.

„Sie ist so schwer erziehbar“, seufzte der Uhu.

FRUSTRATION

Zwei Häsinnen begegneten einander auf der Waldwiese. „Ach“, sagte die erste, „wie schön war es früher in unserem kargen Ländchen. Wir waren nicht reich, hatten aber doch Grund zur Freude.“

„Das habe ich anders in Erinnerung“, sagte die zweite Häsin, „du hast immer geschimpft, wenn es mal wieder keine Möhren gab und man Gräser, Kräuter und Blüten nur über Beziehungen bekommen konnte. Heute erhältst du gelbe, orangene und rote Möhren, kurze und lange, dicke und dünne, und Gräser, Kräuter und Blüten gibt es im Supermarkt zu jeder Jahreszeit.“

„Früher“, regte sich die erste auf, „habe ich mich gefreut, wenn ich auch mal vierblättrigen Klee erwischt hatte. Heute kann den jeder kaufen. Er ist nichts Besonderes mehr. Worüber soll ich mich da freuen?“

KONKAVE UNTERHALTUNG

Nichts und Niemand saßen trübsinnig auf einer Bank.

„Kein Mensch nimmt uns zur Kenntnis“ beklagte sich Nichts.

„Was hat uns Wichtig denn voraus, dass alle über ihn reden?“ fragte Niemand.

„Er tritt im Fernsehen auf, steht in der Zeitung …“ seufzte Nichts.

„Das ist es!“ jubelte Niemand. „Das tun wir auch!“

Der eine bewarb sich für eine Casting-Show, der andere mit seiner Scheidungs-Affäre bei einer Boulevard-Zeitung.

Beide hatten Erfolg.

DAS HUHN UND DER KUCKUCK

„Ich bin viel bekannter als du“, sagte das Huhn zum Kuckuck. „Wann ist von dir schon etwas zu hören. Ich bin das ganze Jahr präsent.“

„Richtig“, sagte der Kuckuck, „es steht in allen Zeitungen: Ein Huhn hat gegackert.“

DIE ZIEGE UND DIE KOKOSNUSS

Eine Ziege hatte gehört, dass Affen Kokosnüsse lieben. Also erwarb sie eine und betrachtete sie sorgfältig. Sie stieß mit den Füßen nach ihr und mit dem Kopf und zupfte mit dem Maul an den braunen Fasern, die ihr nicht schmeckten.

„Nie habe ich etwas Unappetitlicheres vor meinem Maul gehabt", meckerte sie.

Moral:
Es muss nicht an der Nuss liegen, wenn der Kern nicht gefunden wird.

Ein Erdmännchen konnte sich nicht damit abfinden, dass es nur ein kleines Tier war.

Um hinter das Wachstumsgeheimnis der großen Tiere zu kommen, hielt es sich nur noch in der Nähe der Elefanten auf. Die duldeten es, denn das Erdmännchen war ein freundliches und possierliches Tier. Die Tüpfelhyäne, die gerne mal Erdmännchen fraß, traute sich nicht in die Nähe der großen Tiere, und das Erdmännchen glaubte sich nun selbst auch groß und überlegen.

Eines Tages fotografierten Teilnehmer einer Safari die Elefanten. Das Erdmännchen richtete sich neben dem Bein des größten Bullen zu voller Höhe auf. Das Foto erschien in der Zeitung unter dem Titel: *Die größten Tiere Afrikas.*

„Es steht in der Zeitung", sagte das Erdmännchen stolz und zeigte das Bild allen anderen, „ich bin ein großes Tier."

Die betrachteten das Bild lange, konnten aber das Erdmännchen nicht finden.

„Na hier, hier bin ich!" Das Erdmännchen zeigte mit dem Finger auf die Stelle neben dem Bein des größten Bullen.

Die anderen Erdmännchen betrachteten ihren Artgenossen sehr fröhlich.

„Es ist eben alles relativ", schmunzelten sie.

Die Meise lobte ihren eigenen Gesang.

„Was die sich einbildet", zwitscherten die Vögel und keiner mochte sich mit ihr unterhalten.

Die Meise ärgerte das.

Sie sagte zur Amsel: „Der Specht klopft und klopft. Aber einen gescheiten Rhythmus klopft er nicht."

Über die Spatzen schimpfte sie: „Ungebildetes Volk, sie tschilpen und tschilpen. Staubig und zerrupft sehen sie aus. Und was sie für liederliche Nester haben."

Im Gespräch mit den Spatzen empörte sie sich darüber, dass der Amselmann ständig einen schwarzen Anzug trage, während er seiner Frau nur das braune Werktagskleid gestatte.

Von da an hatte die Meise viele Zwitscherpartner.

Merke: Eigenlob macht ein-sam,
Tritsch-Tratsch macht gemein-sam.

ANGEBER

In einem Antiquitätenladen behauptete eine Schweizer Uhr, dass sie um das Handgelenk eines Diplomaten gelegen habe.

„Na und“, ereiferte sich ein Spiegel im vergoldeten Rahmen, „in mir hat sich der Adel Europas gespiegelt.“

„Mit so vielen kann ich nicht aufwarten“, flüsterte schüchtern ein Tutu, „die einzige, um deren Taille ich schwang, war Galina Ulanowa“.

„Es ist ja auch viel edler, nur einem einzigen gedient zu haben“, knarrte ein Schreibpult. „Ich stand in Goethes Gartenhaus und der Dichter verbrachte viele Stunden mit mir.“

„Das ist gelogen“, krächzte eine Feder dazwischen, „ich lag häufig in Goethes Hand, aber dich habe ich nicht gesehen.“

Und schon brach der Lärm los, die Antiquitäten überboten sich im Hervorheben der eigenen Bedeutung und im Herabsetzen ihrer Nachbarn. Nur ein Stuhl mit abgewetztem grünem Polster sagte gar nichts. Schließlich fragte ihn ein Rokokoschränkchen: „Und du, wem hast du gedient?“

„Ist doch egal“, knarrte der Stuhl. „Arsch ist Arsch.“

DIE FALSCHE NACHTIGALL

Eine Meise, die zu den Allerweltsflattertieren des Waldes gehörte wie Spatzen und Buchfinken, war überzeugt, dass sie weitaus schöner singe als alle anderen Vögel. So sang sie unentwegt ihre Lieder und forderte die anderen Vögel auf, ihr Beifall zu spenden. Das geschah, denn alle sahen, wie sehr die Meise darauf wartete. Der Fuchs schmeichelte ihr ganz besonders, indem er ihr sagte, sie sei eine Nachtigall, und sie solle ihm vorsingen. Sie hatte Glück, denn als der Fuchs sie voller Verehrung fressen wollte, ließ sie zwar ein paar Federn, aber nicht ihr Leben.

Doch nun, die Verehrung des Fuchses war ihr zu Kopf gestiegen, glaubte sie selbst, eine Nachtigall zu sein.

„Tschiiip", höhnten einige Spatzen, „Hiahhh" kreischte der Bussard und der Häher sagte „krrräk" und wandte sich ab. Die Meise, die sich für eine Nachtigall hielt, fühlte sich unverstanden und wurde depressiv.

„Seid freundlich", bat der Uhu, „lasst sie singen. Das ist ihr natürliches Recht. Es stört doch niemanden, dass sie sich für eine Nachtigall hält. Sie singt ja trotzdem wie eine Meise."

Spatzen, Buchfinken, Meisen, sogar die Wasseramseln, die Birkenzeisige und die Gebirgsstelzen lobten die depressive Meise und versicherten ihr, dass sie ihren Nachtigallengesang vermissten, so dass sie frischen Mut fasste, den Schnabel spitzte und flötete, was die Kehle hergab. Sie flatterte fröhlich durch den Wald.

Besser eine Lüge, die heilt, als eine Wahrheit, die verwundet?

HASE UND BÄR

Ein junger Hase hatte seine ganze Familie verloren und duckte sich ängstlich in eine Kuhle. Dort stöberte ihn ein Bär auf, der Hase sprang mit einem Satz heraus und rannte in den Wald. „Komm her", rief der Bär, „ich tu dir nichts."

Der Hase, weil er sich alleine fürchtete, kam zögernd zurück.

„Wovor hast du denn Angst?" fragte der Bär.

„Vor den Hunden", sagte der Hase.

„Musst du nicht", sagte der Bär, „klettere einfach auf einen Baum."

„Vor dem Fuchs", sagte der Hase.

„Ein Hieb vors Maul genügt", brummte der Bär.

„Vor dem Habicht", sagte der Hase.

Der Bär lachte. „Der traut sich nicht."

„Vor dem Winter", sagte der Hase.

„Du legst dich in die Höhle und schläfst bis zum Frühjahr."

Wenn du ein Bär bist, gib dem Hasen keine Ratschläge.

DIE GRENZEN DER TOLERANZ

Der Esel galt von jeher als dumm und störrisch, die anderen Tiere mochten ihn nicht. Das machte dem Schmetterling ein schlechtes Gewissen, denn gerade er hielt sich viel auf seine Toleranz zugute. Um dem Esel zu zeigen, dass er ihn achtete, bat er ihn zu einem Cocktail an den Wiesenhang, zeigte ihm dort die schönsten Schlüsselblumen, setzte sich sogleich auf eine, um Nektar zu saugen und lud den Esel ein, es ihm gleich zu tun.

Der Esel mochte nicht sagen, dass er Nektar nicht aus Blumenkelchen trinken konnte, um den Schmetterling nicht in Verlegenheit zu bringen. Er entdeckte am Wegrand einige Disteln und fraß sie mit gutem Appetit.

„Nun ja", dachte der Schmetterling, als sie sich freundlich von einander verabschiedeten, „er ist eben doch ein dummer Esel, der einen edlen Tropfen nicht zu schätzen weiß."

Toleranz bleibt eine Redensart,
wenn sie sich nicht mit Wissen paart.

DER EHRGEIZIGE ESEL

Ein Mann hielt etliche Esel, die er abgerichtet hatte, Urlauber auf einem schmalen Pfad vom Strand auf einen hohen Berg zu bringen, weil sie von dort den Blick aufs Meer genießen wollten. Die Urlauber gaben den Tieren Zuckerstückchen und tätschelten ihnen den Hals, wenn sie gut auf ihnen geritten waren. Besonders einem Esel gefiel das so, dass er sich große Mühe gab, nicht zu stolpern, gleichmäßig zu gehen, nicht an Dornenhecken zu streifen und als erster auf dem Gipfel zu sein. Bergab rutschte er nicht im Geröll und ging so geschmeidig, dass der Reiter den harten Sattel kaum spürte. Wenn er müde wurde, blieb er nicht störrisch stehen wie die anderen Esel, sondern ging geduldig weiter bis zum Ziel. Der Esel wurde gelobt, gestreichelt, mit Zucker verwöhnt.

Endlich hatte er es geschafft, er galt als der beste Reitesel der Insel, und er war sehr stolz darauf.

Viele wollten nur auf ihm reiten und er musste täglich viele, viele Male auf den Berg und wieder herab gehen. Er bekam keine Pausen wie die anderen Esel und war abends ganz erschöpft. Schließlich wurde die Anstrengung größer als die Freude über seine Fähigkeiten.

Er beklagte sich bei seinen Gefährten: „Warum gönnt mir unser Herr keine Ruhe? Ich bin doch der beste Reitesel der Insel und habe eine Pause verdient."

„Das merk dir nur", entgegnete ihm ein anderer Esel. „Ehrgeiz wird mit Arbeit bestraft."

Pandabärinnen bevorzugen große starke Pandabären. Die wissen das und setzen, so im Vorbeigehen, eine Duftmarke an Bäume und Büsche. Je höher die Marke, um so größer und potenter der Mann.

Ein junger Pandabär war der kleinste unter seinen Artgenossen. Die Bärinnen duldeten ihn nicht in ihrem Revier. Der junge Bär gebrauchte eine List. Er schwang sich an einem Bambusrohr empor, hielt sich ein Weilchen fest und – ließ es von dort oben „regnen“.

Seine männlichen Artgenossen mieden das Revier, mit einem so großen Bären wollten sie nicht kämpfen. Eine hübsche runde Pandabärin zeigte sich beeindruckt und hielt sich beinahe ständig in der Nähe der Markierung auf. Das wollte sich der junge Pandabär zunutze machen, doch mit ein paar Prankenhieben vertrieb die enttäuschte Bärin den Angeber.

Merke:
Wer von ganz oben pinkeln kann
ist noch längst kein großer Mann

DIE REPRÄSENTATIVE FUNKTION DER KUNST

Die Bilder eines berühmten Elefanten wurden ausgestellt. Viele Tiere drängten sich zur Vernissage. Die Elster stand eine Weile neben dem Pfau und sagte schließlich bewundernd: „Können Sie aber ein schönes Rad schlagen.“ Dem Paradiesvogel krächzte sie zu, seine Schwanzfedern seien bestimmt eine Kreation des Hauses Dior und dem Storch bestätigte sie, seine roten Stiefel seien ganz entzückend.

Als die Elster nach Hause kam, wollte ihr Mann wissen, was denn der Elefant für Bilder gemalt habe. „Ich weiß nicht“, sagte die Elster, „vielleicht in Öl?“

Ihrem Mann sträubten sich die Federn. „Warum bist du überhaupt hingegangen?“

„Na hör mal“, krakeelte die Elster, „als kulturell interessierter Vogel muss man sich doch hin und wieder sehen lassen.“

DAS SCHICKSAL DER NACHTIGALL

Während eines Festivals traten viele Tiere auf. Ochse und Esel brüllten, das Schaf blökte, der Hahn krähte, der Pfau schlug Rad, der Affe turnte, die Nachtigall sang, ein Paradiesvogel flatterte umher, die Hühner gackerten und tanzten dazu. Im Publikum saßen die Familien und die Fans und klatschten, wenn ihnen ein Beitrag gut gefallen hatte. Die Nachtigall war von vielen überhört worden, denn sie war nicht bunt und nicht laut, noch machte sie Kunststücke zu ihrem Gesang. So erhielt sie nur wenig Beifall.

„Sei nicht traurig", tröstete der Veranstalter, „irgendwann werden sie dich vermissen."

Aber das Publikum vermisste sie nicht.

Nun sang die Nachtigall nur noch versteckt in den Hecken für die wenigen, die sie hören wollten. Als sie aber zum Vogel des Jahres gewählt wurde, behaupteten auch Ochse und Esel, Schaf, Hahn und Pfau, Affe, Paradiesvogel und sogar die Hühner, dass sie immer gewusst hätten, was für eine großartige Sängerin die Nachtigall sei. Ihre Konzerte besuchten sie trotzdem nicht.

Wo Ochs und Esel brüllen, wird die Nachtigall nicht gehört.

ÄHREN UND KORNBLUMEN

Am Rande eines Getreidefeldes wuchsen blaue Kornblumen. „Verschwindet“, forderten die Ähren, „ihr seid zu nichts nütze und nehmt uns Platz und Nahrung.“

„Wir sind Himmelsblau in Blüten gefasst“, sagten die Kornblumen. Aber die Ähren wiegten sich nur hochmütig auf ihren Halmen.

Eine Frau pflückte die Kornblumen und stellte sie zu Hause in einem Krug auf den Tisch, um den die Familie zum Abendbrot saß.

„Schön“, freute sich der Mann, „da schmeckt das Brot noch einmal so gut.“

Die Nacktschnecke hinter dem Schreibtisch fragte: „Womit kann ich Ihnen helfen?“ Notierte, telefonierte und schickte den Hasen ins nächste Zimmer. Dort überreichte man ihm ein Formular zur qualifizierten Antragstellung für fünf weitere Formulare, mit denen er in noch weitere fünf Ämter gehen musste. Überall saßen Nacktschnecken, die Stempel auf Formulare drückten, notierten, telefonierten und ihm den Weg ins nächste Büro beschrieben.

Nach einer Woche war der Hase endlich im letzten Amt, das ihm bestätigte, dass er ein Hase sei.

Der Hase beschwerte sich. Er wurde von Amt zu Amt nach oben verwiesen, bis er zu einer Weinbergschnecke kam, die nicht nur eine eigene Büroetage, sondern auch etliche Vorzimmerschnecken hatte.

Die Weinbergschnecke erklärte ihm, sie, die Schnecken seien dafür da, im Land für eine funktionierende Verwaltung zu sorgen.

„Aber wenn die Verwaltung funktioniert, dann müsste doch alles viel schneller gehen“, vermutete der Hase.

„Keineswegs“, sagte die Schnecke und strampelte vor Vergnügen mit den Fühlern.

Der Hase schaute ungläubig.

Die Schnecke sah sich unauffällig um und flüsterte:

„Ich schicke ein Dutzend neuer Durchführungsbestimmungen raus, und schon gerät alles wieder durcheinander.“

Eine Trauerschwandame hatte sich in ein weißes Tretboot in Form eines Schwans verliebt. Sie schwamm um den weißen Plasteschwan in weiten und engen Kreisen, reckte den langen Hals und stieß herzzerreißende Schreie aus. Der weiße Schwan erwiderte die Zuneigung nicht, wehrte sie aber auch nicht ab. Den ganzen Sommer über setzte die schwarze Schwanendame ihre Werbung fort. Vergeblich.

Der Winter trennte sie von ihrem Geliebten, die anderen Schwäne im Winterquartier versicherten ihr, der riesige Schwan auf dem See habe kein Herz. Außerdem sei er stumm. „Aber er ist so wunderbar groß“, schwärmte die Trauerschwandame und umkreiste im Frühjahr und Sommer wieder das Objekt ihrer Begierde, schrie ihr Leid über den See und wurde nicht erhört.

Im Frühling darauf wandte sie sich einem weißen Höckerschwan zu. Für das Tretboot hatte sie keinen Blick mehr.

Alle Liebe vergeht, wenn Größe nur einen Hohlraum umschließt.

ARBEITSBESCHAFFUNGSMASSNAHME

Eine Mücke hatte sich in das Büro einer Schnecke verirrt. Die machte sie zum Elefanten, so dass noch eine Vielzahl anderer Schnecken eingestellt werden mussten, die alle damit beschäftigt waren, aus dem Elefanten wieder eine Mücke zu machen.

Die Metamorphose der Mücke war so beeindruckend, dass das Beispiel Schule machte.

UNTERSCHÄTZTE GEFAHR

Die Zahlen hatten sich bei einem Manager beworben und stritten sich, wer von ihnen die größte Chance habe, eingestellt zu werden.

„Ich bin die die eleganteste“, sagte die Eins.

„Du bist bloß dürr“, lachte die Acht, „schau dir meine Taille an!“

„Aber nur ich habe einen Kopf!“ triumphierte die Neun.

„Ich bin eine besondere Zahl, denn ich bin unteilbar“, brüstete sich die Drei.

„Wir auch, wir auch“, riefen die Eins, die Fünf und die Sieben dazwischen.

Die Sechs brummte verdrossen. „Alles Quatsch. Er braucht uns alle. Wichtig ist nur, was er mit uns macht.“

„Sein Umgang mit uns entscheidet über seine Qualität und unsere Seriosität“, erklärte die Vier mit vorgerecktem Kinn.

„Aber am bedeutendsten bin trotzdem ich!“ zeterte die Null. Da lachten selbst die Vier und die Sechs mit den anderen Zahlen so sehr, dass sie beinahe aus der Reihe gerieten: „Dich sieht man erst in Verbindung mit uns!“

„Du bist hohl!“

„Allein zählst du nicht!“

„Ohne uns bedeutest du nichts!“

Im Büro des Managers lachten sie nicht mehr. Hinter dem Schreibtisch saß eine Null.

VOM KRIEG DER BÄREN GEGEN DIE BIENEN

„Den Honig der Bienen könnten wir auch brauchen", sagte ein Bär zum anderen.

„Gut", sagte der, „fragen wir, ob sie etwas abgeben."

Über eine kleine Menge ließen die Bienen mit sich verhandeln, als die Bären aber mehr und immer mehr verlangten, weigerten sie sich und stachen die stehlenden Bären in ihre Tatzen und Nasen.

„Sie zwingen uns zum Krieg", sagten die Bären. Aber der Rat der Tiere glaubte ihnen nicht.

„Sagt doch, die Bienen hätten euch angegriffen", riet der Fuchs.

Da zeigten die Bären die zerstochenen Nasen und Tatzen vor, der Rat der Tiere wollte jedoch erst noch die Bienen befragen.

„Gilt deren Wort mehr als unseres? So wie wir werden alle Tiere gestochen werden, wenn man die Bienen nicht bekämpft!"

Das Volk der Bären führte Krieg gegen die Bienenvölker, gewann ihn und stellte Wachen vor den Bienennestern auf, um Honig stehlen zu können und, wie sie behaupteten, die Bienen vor den Bienen zu schützen.

Die Tiere des Waldes verlangten, die Bären sollten zurückgehen in ihr Revier. Das taten die Bären schließlich, denn die Bienen hörten nicht auf, in Tatzen und Nasen zu stechen.

Deshalb behaupten manche Bären noch heute, die Bienen seien ein angriffslustiges Volk.

Der Hahn fragte den Hasen: „Bist du schon gemustert worden?“

Der Hase duckte sich ins Gras.

„Ich geh zu den Fallschirmjägern“, sagte der Hahn mit stolzgeschwelltem Kamm, „zur Not kann ich mich auf meine Flügel verlassen. Zu welcher Waffengattung gehst du?“

„Ich geh nicht zur Armee“, sagte der Hase schüchtern, „ich werde Sozialarbeiter.“

Der Hahn lachte krähend. „Dacht’ ich’s mir doch. Deine Sprüche kenn’ ich: Stell dir vor, es ist Krieg, und keiner geht hin.“ Flügelschlagend stolzierte der Hahn vor dem Hasen hin und her.

„Das funktioniert nicht, solange es kriegerische Hähne gibt“, sagte der Hase und drückte die Löffel eng an den Körper. „Ich habe mir etwas anderes vorgestellt.“

Der Hahn blieb stehen.

„Ich hab’ mir vorgestellt“, sagte der Hase und betrachtete den Hahn, „es ist Krieg und alle gehen drauf.“

Alles ging seinen geordneten Gang. Die Zeit hatte sich beruhigt und floss gemächlich dahin.

Langlöffelhasen und Kurzlöffelhasen vertrugen sich und fanden sich gegenseitig ordentlich und fleißig. Der Uhu, der die letzte Wahl zum König gewonnen und damit der Amsel den Thron genommen hatte, regierte unaufgeregt und mit Umsicht. Der Wohlstand der Hasen wuchs, die Sassen waren weich gepolstert, Klee, Möhren und frisches Gras gab es im Überfluss, sie brauchten ihre Nahrung nicht selbst zu suchen, alles war im Supermarkt zu kaufen. Nicht nur den Hasen, auch den anderen Tieren im Wald ging es gut, denn in einem demokratischen Wald sind alle Farben bei Fell und Federn erlaubt. Trotzdem taten die Schwarzen so, als könnten sie die Roten nicht leiden, die Grünen regten sich über die Schwarzen und die Roten auf und gemeinsam waren sie alle gegen die Braunen. Der Uhu legte die Flügelspitzen vor dem Bauch zusammen und hörte den Debatten zu. Wenn er sich äußerte, dann so, dass keiner sagen konnte, wem er recht gegeben hatte. Nie verlor der Uhu die Fassung, kreischte nicht und schlug nicht wild mit den Flügeln, sondern rief sein beruhigendes „Schuhu".

Moral: Demokratie neigt gelegentlich zum Mittelmaß.

GEWUSST WIE

In einer Sitzungspause interviewte der Storch, Journalist der Waldzeitung, den Zaunkönig.

„Herr Minister, Sie wirken eher unauffällig. Aber Sie haben es in sehr kurzer Zeit aus der Landespolitik in das königliche Ministerium geschafft. Wie kam das?“

„Kommen Sie, lassen Sie uns ein Stück beiseite treten, damit wir nicht so dicht bei den braunen Ratten stehen.“ Damit huschte der Zaunkönig vor dem Storch her.

„Nun noch rasch um diese Ecke, da haben wir Ruhe zum Gespräch und auch keine Berührung mit den roten Füchsen.“

Damit flatterte der Zaunkönig auf einen der umher stehenden Bistro-Tische, wo er ein wenig von oben herab auf den Storch sehen konnte, der gerade dabei war, die Fotografen zu verscheuchen.

„Aber so lassen Sie die Leute doch ihre Arbeit tun“, trillerte lautstark der Zaunkönig und winkte den Fotografen freundlich mit seinen kurzen Flügeln zu.

„Wie war doch gleich Ihre Frage?“

„Wie es kam, dass Sie in so kurzer Zeit Minister der königlichen Regierung werden konnten.“

„Das habe ich Ihnen doch gerade gezeigt.“

ERKLÄRLICHER IRRTUM

„Nehmen Sie dieses Jahr auch am waldweiten Vorlesetag teil?“ fragte der Hase die Meise.

„Warum nicht …“, flötete die, „was wird denn da vorgelesen?“

„Zum Beispiel Märchen“, sagte der Hase.

„Wieso?“ fragte die Meise. „Haben wir denn schon wieder Wahlkampf?“

DIE FREMDEN

An den Grenzen des demokratischen Waldes sammelten sich viele fremde Tiere, die alle hinein wollten.

Das Eichhörnchen keckerte: „Wenn die in unseren Wald kommen, fressen sie uns die Haselnüsse weg.“

„Die sehen auch ganz anders aus als wir,“ mümmelte der Hase.

„Und sie zwitschern anders“, gab der Sperling zu bedenken.

Der Kuckuck rief: „Wir wollen sie nicht haben. Am Ende legen sie noch ihre Eier in fremde Nester.“

UNGEPLANTE GÄSTE

Der Uhu konnte nicht mehr mit ansehen, wie sich Elefanten, Giraffen, Dromedare und viele andere fremde Tiere an den Grenzen des Waldes so drängten, dass sie einander fast zerquetschten. Er ließ die Grenzen öffnen und hieß die Fremden als Gäste willkommen.

Die braunen Wanderratten empörten sich und organisierten lange Wanderungen durch den Wald: „Die bringen Krankheiten mit und werden unsere Vorräte plündern", riefen sie.

Die Hasen fürchteten sich vor den großen Ohren der Elefanten, die Eichhörnchen glaubten, die Erdmännchen würden ihnen die Haselnüsse rauben und die Sperlinge argwöhnten, von den Papageien übertönt zu werden.

Deshalb liefen sie mit den Wanderratten durch den Wald und forderten vom Uhu, die fremden Tiere in ihre eigenen Wälder zurückzuschicken.

Angst hört das Gras wachsen und die Steine weinen.

UNSCHULDIGE SCHULD
ODER DIE LAST DER MITVERANTWORTUNG

„Warum kommen die nur alle zu uns“, fragten die Rehe den Storch, der viele Länder im Süden kannte und es wissen musste.

„Weil ihre Wälder brennen“, sagte der Storch, „große Tiere haben sie angezündet.“

„Und ausgerechnet wir sollen die Fliehenden aufnehmen?“ fragten die Rehe.

„Ja“, sagte der Storch, „denn auch aus Bäumen unseres Waldes wurden jene Zündhölzer gemacht, die in der Ferne die fremden Wälder zum Brennen brachten.“

„Ich habe diese Zündhölzer weder hergestellt, noch verkauft. Sollen doch die Tiere helfen, die daran verdienen“, rief ein Rehbock zornig.

„Diese Tiere sind wir“, sagte der Storch, „dass es uns gut geht, liegt auch am Gewinn, den die großen Tiere durch den Verkauf von Zündhölzern gemacht haben. Mit der Steuer aus den hässlichen Geschäften forsten wir unseren schönen Wald auf.“

Wer durch den Schaden anderer gewinnt, soll auch dafür aufkommen.

Des Nachts wurden Nester und Höhlen zerstört, in denen die fremden Tiere wohnen sollten. Die Wanderratten reckten glücklich ihre Schnauzen empor und witterten Morgenluft.

„Wart ihr das?“ fragte sie der Uhu, der längst die Antwort wusste. „Wenn ich euch das nächste Mal erwische, fresse ich euch auf.“

„Prima“, pfiffen die Wanderratten, verschwanden, wie es Ratten tun, im Untergrund und trieben weiter ihr Unwesen.

Wer sich über das Unglück anderer freut, muss eine Ratte sein.

VOM SCHNATTERN

Eine Entenmutter führte ihre Jungen zu einem Teich. Unterwegs begegnete ihnen eine Zeitungsente, die hochmütig auf die Jungen herabsah:

„Was für Winzlinge! Meine Jungen und ich, wir können uns so aufblasen, dass keiner uns übersieht."

„Ja", entgegnete die Entenmutter, „bis ihr platzt!"

IRREPARABEL

Auf der Erde gab es Nahrung, dass jeder satt werden konnte, Wärme, dass keiner frieren brauchte, Wasser, dass alle zu trinken hatten, Maschinen, dass niemand über seine Kraft arbeiten musste. Etliche nahmen sich dennoch mehr, als sie benötigten, für andere blieb zu wenig.

Gott schickte einen Gelben Engel, um schnell Abhilfe zu schaffen. Der kam unverrichteter Dinge zurück.

„Da hilft keine Schnellreparatur, Herr", berichtete der Engel. „Es handelt sich um einen Fehler im System. Die sich zu viel nehmen, leiden alle an unheilbarem Herzversagen."

„Unsinn", tadelte ihn Gott, „schau sie dir doch an: topfit, mit strahlendem Lächeln gehen sie ihren Geschäften nach!"

„Das ist ja das Problem", resignierte der Engel.

THEORIE UND PRAXIS

Der Kranich, der immer den Überblick hatte und durch seine Winterreisen in den Süden weit in der Welt umher kam und viel vom Leben erfuhr, wollte Journalist werden und bewarb sich zum Studium. Er wurde abgelehnt mit der Begründung, seine Rechtschreibung sei mangelhaft. Fassungslos blätterte der Kranich zu Hause in der Tageszeitung. Jedes Wort war richtig geschrieben, und trotzdem stimmte fast gar nichts.

VOM NUTZEN DER LITERATUR

Die Schnecke auf dem Sozialamt streckte ihre Fühler aus und besah sich ihren nächsten Kunden: Pegasus. Abgemagert ließ er seine Flügel hängen.

„Sie Ärmster“, stöhnte die Schnecke.

„Wollen Sie nicht endlich etwas Nützliches arbeiten, womit Sie auch Geld verdienen? Sie sehen's ja selbst: Kein Autor bezahlt Sie dafür, wenn er auf Ihnen in das Reich der Phantasie fliegen darf. Und kein Roman, kein Vers hat je die Welt verändert.“

„Das nicht“, entgegnete Pegasus und begann sich aufzurichten: „Bei manchem aber die Sicht auf die Welt.“

OPFER DER NATUR

Die Tiere wollten friedlich miteinander leben. Die Maulwürfe erhielten deshalb die Aufgabe, im Untergrund dafür zu sorgen, dass keiner die Rechte der anderen bedrohe.

Nachdem einige zugewanderte Füchse und Angora-Ziegen von radikalen Wölfen tot gebissen worden waren, mussten die Maulwürfe vor der Waldregierung Rechenschaft ablegen über ihre Arbeit.

„Was habt ihr getan, um solche Morde zu verhindern?" fragte der Uhu.

„Viel, sehr viel", versicherten die Maulwürfe und wiesen ihre großen Schaufelhände vor, die sie sich extra gewaschen hatten. „Wir haben mit größter Kraftanstrengung überall unterirdische Gänge gegraben, den ganzen Wald haben wir unterminiert, und wir haben sogar friedliche Wölfe eingesetzt, die wir bezahlt haben, damit sie uns rechtzeitig über die geplanten Überfalle ihrer Rudel informieren."

„Friedliche Wölfe?" fragte der Uhu fassungslos.

„Ja doch", versicherten die Maulwürfe, „das ist die übliche Methode, in allen Wäldern macht man das so. Und sie wollten gern mit uns zusammen arbeiten."

„Taten sie es denn auch?" fragte der Uhu.

Den Maulwürfen wurde es heiß in ihren Pelzen.

„Manchmal schon," drucksten sie herum, „manchmal auch nicht. Wir tappten im Dunkeln. Und die Ziegen und Füchse, die gingen auch nicht immer friedlich miteinander um. Wie konnten wir da sicher sein …"

Der Uhu rollte vor Empörung die Augen. „Eure friedlichen Wölfe waren Mörder!"

„Ja, ja, das wissen wir jetzt auch", sagten die Maulwürfe

und versuchten in ihre Löcher abzutauchen, aber die Luchse zogen sie am Genick wieder heraus.

„Wir können doch nichts dafür", jammerten die Maulwürfe. „Wenn Wölfe der Hunger überkommt, dann beißen sie zu. Das ist nun mal ihre Natur. Und überhaupt: Wie sollten wir das voraussehen, wir, die wir von Natur blind sind …"

LÖWE UND BÄR

Löwe und Bär konnten einander nicht leiden, weil beide das mächtigste Tier sein wollten und sich um die Herrschaft über alle andere Tiere stritten. Deshalb kam der Wald nicht zur Ruhe. Also wurde ein Vertrag geschlossen: Löwe und Bär durften fortan nur noch in ihren Revieren jagen und keiner sollte versuchen, Tiere aus dem Herrschaftsbereich des jeweils anderen auf seine Seite zu ziehen.

Tiere aus den nördlichen Regionen des Bärenwaldes verlangten jedoch, vom Löwen beschützt zu werden, weil ihnen der Bär schon einmal ihre Beute nicht gegönnt hatte.

„Da kann ich nichts dafür", sagte der Löwe.

Der Bär knurrte wütend, als der Löwe tatsächlich Schakale in sein Revier schickte.

In der Mitte des Bären-Reiches verlangten auch etliche Tiere, zum Reich des Löwen zu gehören, andere waren dagegen. Der Bär fühlte sich in die Enge getrieben und schickte seine Wölfe. Die sorgten für Ruhe und Ordnung, indem sie etliche Schafe rissen.

„Da kann ich nichts dafür", sagte der Bär. Und seine Wölfe fraßen weiter.

Dem Uhu gelang es, eine Waffenruhe mit dem Bären zu vereinbaren. Aber schon am anderen Tag verkündeten etliche Wölfe, dass ihnen der Bär nichts zu sagen habe.

„Da kann ich nichts dafür", sagte der Bär, während der Löwe seine dienstfertigen Schakale empfing, um mit ihnen die Fangquoten der Zukunft zu planen.

Merke: Der Frieden der Raubtiere kostet Blut.

KEIN WIEDERHOLUNGSTÄTER

Der Mond fragte die Erde, warum sie ein so griesgrämiges Gesicht mache.

„Weil ich Schmerzen und Fieber habe", ächzte die Erde. „Die Menschen vergiften mich und hüllen mich in eine Decke aus Smog. Mal ist mir kalt, mal heiß …"

„Ersäufe die Menschen", riet der Mond.

„Ich schmelze Polkappen und Inlandeis ab, schüttle und huste Tsunamis und Hurrikans, aber alles braucht seine Zeit."

„Und", fragte der Mond, „weiß schon einer, dass er eine Arche bauen muss?"

„Nein", sagte die Erde, „glaubst du, Gott macht zweimal den gleichen Fehler?"

FABEL VON DER FABEL

Die Fabel wurde vor ein literaturtheoretisches Gericht geladen.

Ankläger: „Sie belehrt mit erhobenem Zeigefinger."

Verteidiger: „Das ist nun einmal ihre Art."

Zeugen: „Sie tut seit mindestens zweitausendsechshundert Jahren nichts anderes."

Richter: „Das reicht. Moralisieren widerspricht dem Zeitgeist."

Urteil: Die Fabel wird für tot erklärt.

Moral: Totgesagte leben länger.

FABELHAFTE MÄRCHEN

Es waren einmal zwei Nachbarn. Der eine war arm und wohnte in einer Hütte. Der andere hatte Geld im Überfluss und ein prächtiges Haus und hieß der Reiche.

Zu diesem Reichen kam eines Abends Gott und bat um ein Nachtlager. Er wäre den ganzen Tag gelaufen und redlich müde. Der Reiche aber lehnte ab, denn der späte Besucher mit Bart und Sandalen, Wanderstock und dürftiger Kleidung gefiel ihm nicht. Sein Haus sei schließlich kein Hotel für Landstreicher. Und er schlug ihm die Tür vor der Nase zu.

Da ging Gott zu der Hütte des Armen. Der und seine Frau hießen ihn willkommen, bereiteten ein schlichtes Abendessen und überließen ihm sogar ihr Bett, damit er sich mal richtig ausschlafen könne. Am nächsten Morgen gab Gott sich zu erkennen und fragte, ob er ihnen nicht drei Wünsche erfüllen könne, und sie wünschten sich das übliche: Sie wollten ein neues größeres Haus, einen Sack voll Geld und einen Apfelbaum im Garten, genau so schön wie der des reichen Nachbarn. Gott erfüllte ihnen ihre Wünsche, segnete sie und verabschiedete sich.

Als nun wenig später der Reiche aus dem Fenster schaute, um nach dem Wetter zu sehen, traute er seinen Augen kaum, denn an der Stelle, wo am Abend noch die armselige Hütte des Nachbarn gestanden hatte, erhob sich ein großes prächtiges Haus, nicht weniger schön als das seine, und davor blühten Blumen im Vorgarten und mittendrin breitete ein Apfelbaum seine Äste aus, die voller Früchte waren. Und der Arme schaute aus dem Fenster und paffte gemütlich blaue Ringe aus seiner Tabakspfeife.

Da rief der Reiche voller Neid: „Wie kommst du Tagedieb zu dem schönen Haus?“

„Ach“, sagte der Nachbar, „ich hab’s mir gewünscht, bei mir war gestern Gott zu Gast, und der hat’s mir geschenkt und einen Sack voll Geld obendrein. Heute am frühen Morgen ist er weitergegangen.“

Da dachte der Reiche: Ich muss ihm nach und mich bei ihm entschuldigen, vielleicht darf ich mir dann auch etwas wünschen. Also setzte er sich in sein Auto und bald hatte er Gott eingeholt.

„Ich will mich bei dir entschuldigen“, sagte er, „und hoffe, dass du mir nichts nachträgst und mir genau wie meinem Nachbarn ein paar Wünsche erfüllst.“

„Gut“, sagte Gott, „du hast drei Wünsche frei.“

Da sagte der Reiche: „Als erstes wünsche ich, dass meinem Nachbarn das schöne Haus zusammenstürzt und er wieder in seiner alten Hütte leben muss.“

„Na hör mal“, rief da Gott entsetzt, „das kannst du doch nicht wollen!“

Da sagte der Reiche: „Ist das mein Wunsch oder nicht?“

Da nickte Gott betrübt und der Reiche sagte: „Als zweites wünsch’ ich, dass dem alten Halunken der Geldsack verbrennt mit allem, was drin ist.“

„Aber warum nur?“ fragte Gott fassungslos und der Reiche antwortete:

„Weil ich nicht will, dass es ihm so gut geht wie mir. Du solltest dich mit deinen Wundern nicht in unsere irdischen Angelegenheiten mischen, bei uns heißt es, jeder ist sich selbst der nächste.“

„Da muss ich dir wohl auch noch dankbar sein“, sagte Gott.

„Genaugenommen schon“, meinte obenauf der Reiche. Und um die göttliche Einmischung restlos zu korrigieren, wünschte er sich, dass dem Armen auch noch der Apfelbaum umstürzte und ihm die Äpfel auf den Kopf fielen, dass es nur so prasselte.

Da sagte Gott: „Du weißt doch, dass Neid und Niedertracht Sünden sind."

„Freilich weiß ich das", entgegnete leichthin der Reiche, „ich werde zehn Mal den Rosenkranz beten oder auch zwanzig Mal, mir kommt's da nicht so drauf an. Ich hoffe aber, zehn Mal wird genug sein, oder was meinst du?"

Da sagte Gott: „Wart' es ab, du wirst's erfahren, wenn du an meine Pforte klopfst."

„Zeit ist Geld", antwortete ihm ungeduldig der Reiche, „aber wenn es denn sein muss, will ich eben warten."

Da sagte Gott: „Du musst nicht lange warten. Klopf an."

PRINZ ASIP

In einem fremden Land lebte einmal ein König, der hatte einen Sohn, und der hieß Asip. Der ging noch zur Schule und war den Lehrern ein Ärgernis. Häuschen und Mäuschen schrieb er mit „ß“ und ein Kreischen, so behauptete er, sei ein kleiner Kreis. „Kreißsaal“ schrieb er, je nach Laune mit drei, zwei oder einem „s“ und meinte zuletzt, es sei ein kugelrunder Fisch.

Da wurde der Deutschlehrer fuchsteufelswild und gab ihm eine Sechs. Als das der König erfuhr, schrieb er dem Lehrer einen Brief. In seinem Land herrsche Meinungsfreiheit und jeder könne sagen, was er wolle. Auch müsse Kindern Mut gemacht werden, indem man ihnen gute Noten gäbe, ob er das nicht wisse. Der Deutschlehrer ging zum Schulleiter und der entschied: „Unser Prinz ist schon mutig genug. Und deshalb wird er wie alle anderen Kinder beurteilt.“

Der König aber wurde zornig und bestellte alle Lehrer auf sein Schloss. „Ich will euch lehren“, rief er, „was ein guter Untertan zu beachten hat!“

Und alle Lehrer mussten hundertmal aufschreiben: „Ich will die Gebote der Obrigkeit befolgen.“

Da beschlossen die Lehrer, den Prinzen in Zukunft zu loben, ihm aber keine Zensuren zu geben, „denn“, sagten sie, „so beachten wir die Freiheit der Meinung und der König kann zufrieden sein.“

Als das bekannt wurde, donnerte es im Schloss gewaltig und alle Leute zogen die Köpfe ein und sagten: „Unser König ist heute aber schlechter Laune, hoffentlich haut er der Königin nicht das ganze Geschirr kaputt.“

Der König haute aber alles Geschirr kaputt, warf auch Töpfe und Pfannen aus dem Fenster, und wenn der Koch nicht die Schüssel mit den Pellkartoffeln gerettet hätte, wäre die königliche Familie ohne Abendessen geblieben. Zum Schluss schlug er sogar noch die Möbel kurz und klein, und als er damit fertig war, befahl er wiederum die Lehrer aufs Schloss.

„Das wird aber etwas geben", sagte die Dienerschaft, und alle suchten sich rasch einen Unterschlupf, denn keiner wollte mit einem Lehrer verwechselt werden.

Die Lehrer aber mussten nun zweihundert mal aufschreiben: „Ich will die Gebote der Obrigkeit befolgen", und hinter jedem stand ein Henkersknecht, der so abscheulich mit den Ketten rasselte, dass sie ganz durcheinander gerieten und Obrigkeit mal mit „ic" und mal mit „ck" schrieben. Der König aber sauste mit seinem purpurnen Mantel, der wie ein roter Hund hinter ihm herfegte, durch die Reihen und verteilte Kopfnüsse, dass es nur so rappelte, und der Schulleiter bekam gleich die doppelte Portion.

Da sagten sich die Lehrer, es wird noch ein böses Ende mit uns nehmen, wenn der König so wütet, und sie berieten, was zu tun sei.

Der Physiklehrer sagte traurig: „All unser Wissen ist schließlich relativ", und der Deutschlehrer meinte, nach den Reformen der letzten Jahre wisse man sowieso nicht mehr genau, was richtig und was falsch sei. Der Biologielehrer war den Tränen nahe und sagte: „Mir hat der Prinz erklärt, dass Wespen zur Familie der tieffliegenden Nacktschnecken gehörten."

Da seufzten alle sorgenvoll. Nur der Zeichenlehrer schaute unter seiner Baskenmütze munter umher und rief: „Wir dürfen die Phantasie des Prinzen nicht behindern, sondern müssen sie fördern. Mich stören seine tieffliegenden Nacktschnecken überhaupt nicht. Wir sollten ihm seine Einsen geben."

Doch seine Kollegen protestierten und riefen: „Wo kommen wir denn da hin, wenn wir dem Prinzen nun auch noch gute Zensuren geben sollen!"

Nur der Schulleiter schüttelte dem Zeichenlehrer die Hand und sagte: „So werden wir's halten und das Notwendige tun, indem wir seine Phantasie belohnen, denn es bleibt uns nichts weiter übrig." Und nun lobten alle den Zeichenlehrer, dass sich die Balken bogen.

Eines Tages behauptete eines der Kinder, dass Friedrich der Große die Pommes Fritz erfunden hätte, und ein zweites meinte, dass die Bayern von den Indianern abstammten da sie lederne Hosen trügen, sich beim Tanzen auf die Schenkel schlügen und seltsame Laute ausstießen. Worauf der Geschichtslehrer schnurstracks nach Hause ging und sich ins Bett legte.

Da zeigten alle auf den Zeichenlehrer und riefen: „Der ist schuld", und der Schulleiter musste ihn gehörig zwiebeln und ihm alle Vertretungsstunden aufbrummen. Doch die Kreativität der Kinder ließ sich nicht mehr aufhalten, alle wetteiferten mit dem Prinzen, und alle bekamen ihre Einsen dafür. Die meisten natürlich der Prinz. Das freute den König und er ließ ein großes Festmahl für die Lehrer herrichten.

Sie feierten drei Tage lang und tranken Rotwein, bis keiner mehr wusste, wer er war, und sie einander fragten: „Heiß ich etwa Hinz, oder heißt du etwa Kunz?"

Der Schulleiter aber bekam vom König einen Orden verliehen, so groß wie ein Wagenrad, und den trägt er noch heute.

Es war einmal ein junger König, der hatte weder Diener noch Köche, denn er war arm, und so musste er sein Schloss allein sauberhalten, seine Wäsche waschen und sein Essen selbst kochen. Das alles aber bekümmerte ihn wenig. Nur hätte er gern eine Frau gehabt, und wenn er am Abend vor dem Kamin in seinem großen Thronsaal saß, seufzte er: „Ach hätt' ich doch eine Frau, die mich herzte und küsste."

Da begab es sich, dass ein anderer König eine Prinzessin anzubieten hatte, die verheiratet werden sollte. Das ließ er in allen Ländern bekanntmachen. Als nun der junge König davon erfuhr, freute er sich und dachte: Das kommt mir gerade recht. Ich will um ihre Hand anhalten.

Eben diese Prinzessin aber war zwar schön, doch sie war auch hochmütig und schnippisch und hatte bereits ein Dutzend Bewerber abgewiesen. Der eine war ihr zu dick, der andere zu dünn, einer zu klein, ein anderer wieder zu groß, einer zu alt und der nächste zu jung.

Davon aber wusste der heiratslustige König nichts. Er schnürte seine Schuh', denn er hatte kein Pferd, strich sich den Kinnbart glatt, holte seine Krone aus der Truhe und setzte sie sich ein wenig schräg auf den Kopf, wie es manchmal Soldaten mit ihren Mützen tun, wenn sie anderen imponieren wollen, und machte sich auf den Weg. Er pfiff vor Freude ein Lied, denn er stellte sich vor, wie er vor die schöne Prinzessin hintreten und sie ihn freudig begrüßen würde.

Als er nun nach drei Tagen das Schloss der Prinzessin erreicht hatte, stand sie bereits vor dem Tor. Doch kaum hatte er sie begrüßt, begann sie bereits ihn zu verspotten.

„Was seid Ihr für ein komischer König“, rief sie, „Ihr habt ja nicht mal ein Pferd!“ Außerdem solle er aufpassen, dass ihm seine Krone nicht vom Kopf falle, und seinen Bart fand sie lächerlich: „Da hat ja unsere Ziege einen schöneren.“ Überhaupt und sowieso würde sie nur einen Mann heiraten, der schön sei wie Adonis und klug wie Sokrates.

Mit so einem Empfang hatte der heiratslustige König freilich nicht gerechnet. Aber da sie so schön und er nicht klug war, dachte er: Vielleicht ändert sie ihre Meinung, wenn sie mich erst kennt.

Da jetzt auch ihr Vater und ihre Mutter erschienen, und der Vater verkündete: „Den nimmst du zum Mann, sonst steck' ich dich ins Kloster“, fügte sie sich, aber nur zum Schein, und sie sprach: „Lieber Vater, ich will ihn heiraten, doch er muss, wie es üblich ist, drei Aufgaben erfüllen.“

Da stimmte der Vater zu, flüsterte aber dem jungen König ins Ohr, dass er sich keine Sorgen machen solle, man würde ihm schon beistehen.

Zunächst dachte die Prinzessin daran, drei Drachen herbeizubitten, einer größer als der andere, die diesen heiratslustigen König zum Zweikampf nötigen müssten. Doch gerade noch rechtzeitig fiel ihr ein, dass Drachen bei solchen Zweikämpfen fast immer den kürzeren zogen. Selbst solche mit mehreren Köpfen verloren dieselben, wenn sie mit Königen und Prinzen zu kämpfen hatten. Da sann sie lange nach und hatte eine, wie ihr schien, glänzende Idee.

Ich werde diesen lästigen Kinnbart arbeiten lassen, dachte sie, das kann kein König, und sie sagte: „Wenn Ihr unser Schloss in drei Tagen säubert, unsere Wäsche wascht und ein gutes Mittagessen zustande bringt, so will ich Euch zum Mann nehmen.“

Da rieb sich freilich der junge König vor Vergnügen die Hände und ging sofort an die Arbeit. Zum Entsetzen der schönen Prinzessin schrubbte und putzte er das ganze Schloss an einem einzigen Tag. Doch obwohl sie in panischer Eile hinter ihm herjagte und Schmutz und Unrat in den Gängen und Zimmern verstreute, half ihr das nichts, denn Vater und Mutter erklärten, das Schloss sei noch nie so sauber gewesen.

Es half auch nichts, dass sie über die Wäsche, die der junge König zum Bleichen auf die Wiese gelegt hatte, eine Gänseschar trieb. Die Eltern befanden, die Wäsche sei tadellos. Als der Heiratskandidat nun Makkaroni mit Tomatensoße kochte und die Prinzessin sie hinter seinem Rücken mit einer gewaltigen Menge Pfeffer verdarb, schienen die Eltern auch das nicht zu bemerken.

„Hervorragend“, keuchte der Vater, „noch nie so gut gegessen“, und die Mutter, die zu ersticken drohte, flüsterte: „Besser kann ich’s auch nicht.“

Nachdem nun alle Prüfungen bestanden waren und die Prinzessin alle Tränen geweint hatte, sollte Hochzeit gefeiert werden. Doch der junge König sagte: „Gemach! Warum soll ich diese Schnepfe zur Frau nehmen? Hat sie mich nicht verspottet? Ist sie nicht ein böses, verschlagenes Weib, das mir drei üble Streiche gespielt hat? Behaltet sie nur.“

Da musste die Prinzessin ins Kloster. Der junge König aber wanderte frohgemut in die nächste Stadt und quartierte sich in einer Wohngemeinschaft ein, in der sieben junge Mädchen wohnten – eine hübscher als die andere. Denen wusch er die Wäsche, schrubbte den Fußboden, und er säuberte das Geschirr, das, zu abenteuerlichen Bergen gestapelt und fest miteinander verbunden durch Speisereste längst gegessener Mahlzeiten, überall herumstand.

Am Abend aber kochte er Makkaroni mit Tomatensoße. Da herzten und küssten ihn alle sieben. Und wenn sie noch am Leben sind, tun sie es noch heute.

Es war einmal ein Müller, der prahlte damit, dass seine schöne Tochter Stroh zu Gold spinnen könne. Davon hörte auch ein König, der all sein Geld verprasst hatte. Der sagte sich: Dieses Mädchen will ich mir auf mein Schloss holen, sie soll mir ihre Kunst beweisen. Kann sie wirklich Stroh zu Gold spinnen, so bin ich aller Sorgen ledig.

Und er sagte zu ihr: „Wenn du mir Stroh zu Gold spinnst, heirate ich dich. Wenn nicht, jage ich dich mit Schimpf und Schande davon."

Er ließ eilig eine Kammer im Schloss mit Stroh füllen, gab dem Mädchen ein Spinnrad und verschloss die Tür.

Da weinte die Müllerstochter bis es Nacht wurde, denn sie konnte natürlich kein Stroh zu Gold spinnen. Doch plötzlich stand ein Männchen in der Kammer, das sich anbot, ihr die Arbeit abzunehmen. Es setzte sich auch sogleich ans Spinnrad und ließ es schnurren, und als der Tag anbrach, war alles Stroh versponnen und die Kammer voller Gold. Als nun der König kam, um nachzusehen, ob dem Mädchen das Kunststück gelungen war, strahlte er und befahl sofort der Müllerstochter, das Ganze zu wiederholen. Stroh sei genügend da. Und wieder kam ihr das Männchen zur Hilfe, und als der König auch noch ein drittes Mal verlangte, sie solle die Kammer mit Gold füllen – erst dann würde geheiratet – war abermals das Männchen zur Stelle, bat aber um eine Belohnung. Wie komme es denn dazu, sich ständig die Hände wund zu arbeiten, nur damit eine Müllerstochter Königin werden könne, wo bleibe denn da die Dankbarkeit. Das Mädchen senkte traurig den Kopf, denn sie hatte nichts. Das Männchen aber meinte, sie habe doch etwas, was sie ihm schenken könne, nämlich sich selbst. Doch das lehnte sie ab, und der Kleine nahm schon seinen Hut, um zu gehen. Aber da fiel ihm ein, dass sie sich schließlich selbst helfen könne, sie brauche nur seinen Namen herauszufinden. Wäre es der richtige, würde er, so leid es ihm auch sei, auf den Beischlaf verzichten. Wäre es aber der falsche, dann allerdings müsse sie ins Bett. Sie habe drei Wochen Zeit, den richtigen Namen herauszufinden, und sie dürfe zudem auch dreimal raten. Da willigte das Mädchen ein und das Männchen füllte wiederum die Kammer mit Gold.

Als nun der König den reichen Segen sah, sagte er sich: Ich wäre ja dumm, wenn ich diese Frau nicht heiraten würde. Und schon am nächsten Tag fand die Hochzeit statt und sie dauerte drei Tage und drei Nächte. Danach setzte sich der König in seine Schatzkammer und erfreute sich am Glanz des Goldes.

Die Königin aber war voller Sorge. Sie schickte die Hofjäger ins Land, damit sie den Namen des Männchens herausfänden. Doch die Tage vergingen rasch, die drei Wochen waren fast schon um und niemand hatte den Namen des Männchens herausfinden können, bis endlich doch noch einer der Hofjäger meldete: „So und so … er habe im Wald einen kleinen Mann gesehen, der offenbar ein Öko-Aktivist sei, der backe selbst, braue alleine und sei obrigkeits-resistent. Dieser Kerl sei um ein Feuer herumgetanzt und habe gesungen: „Heute back' ich, morgen brau' ich, übermorgen mache ich der Königin ein Kind. Ach wie gut, dass niemand weiß, dass ich Rumpelstilzchen heiß'!"

Da fiel der Königin ein Stein vom Herzen, und als die Zeit heran war, in der das Männchen kommen würde, setzte sie sich auf ihr Bett und erwartete getrost die Nacht. Das Männchen kam um Mitternacht, lüpfte seinen Hut und sagte: „Na, Königin, wie heiße ich?"

Die Königin verstellte sich nun und sagte: „Lass' mich raten. Heißt du vielleicht Hänschenklein?"

„Na ja, na ja," antwortete das Männchen, „so klein bin ich doch nun auch wieder nicht – und so heiße ich auch nicht."

„Also gut", sagte die Königin, „heißt du vielleicht Rippenbiest?"

Da hob das Männchen drohend die Hand und murrte: „Werd' mal nicht frech. Wer steht denn hier bei wem in der Kreide, ich bei dir oder du bei mir?"

„Schon gut", sagte die Königin, „nimm mir's nicht übel, ich kenne ja deinen richtigen Namen, du heißt Rumpelstilzchen."

Da schüttelte das Männchen den Kopf und sagte: „Du irrst. Ich heiße nicht Rumpelstilzchen. Den Namen habe ich mir nur ausgedacht. Glaubst du, ich bin so blöd, meinen richtigen Namen zu nennen? Ich weiß doch längst, dass man überall abgehört wird, selbst im Wald ist man nicht sicher. Immer ist einer da, der die Ohren spitzt. –

Und nun, Schätzchen, zieh' dein Kleid aus und schlüpfe ins Bett. Jetzt fangen wir an …"

Ein Schneider, der nur recht und schlecht von seiner Arbeit lebte, wollte bei einer Händlerin ein Schüsselchen mit Pflaumenmus kaufen.

„Wiegt mir doch vier Lot ab, gute Frau", sagte er, „und wenn es ein Viertelpfund ist, macht es auch nichts."

Die Händlerin, die auf ein gutes Geschäft gehofft hatte, machte ein verdrießliches Gesicht, wog ihm aber schließlich drei Löffel Mus ab, und das war ein Viertelpfund.

Das wird mir Kraft und Stärke geben, sagte sich der Schneider, und kaum hatte er einen Löffel voll gegessen, strafften sich tatsächlich seine Muskeln, seine Brust wurde breit und er bekam eine rabenschwarze Baßstimme. Lief er durch die Stube, musste er seine Schritte mäßigen, um nicht gegen Wände und Schränke zu prallen. Ei, dachte er, was ist das? Bin ich bisher nur mit Mühe auf meinen Schneidertisch gekommen, so ist's mir jetzt so leicht, als ob ich fliegen könne, und als er die Tür nur mit den Fingerspitzen berührte, sprang sie aus den Angeln, als hätten drei Männer dagegen getreten.

Für so viel Kraft ist meine Werkstatt nicht geschaffen, sagte er sich, ich will's der ganzen Stadt zeigen, was für ein Kerl ich bin.

Schon bald sprach es sich herum, dass der Schneider der stärkste und schnellste Mann weit und breit sei. Mühelos rannte er Wildschweinen davon, sprang über die höchsten Bäume und erschlug nebenbei einen Riesen, der im Wege stand. Da wunderten sich die Leute sehr.

„Das geht doch nicht mit rechten Dingen zu", sagten sie. Doch sie hüteten sich, ihn mit irgendwelchen Mutmaßungen zu erzürnen, sondern zogen den Hut und verbeugten sich tief, und der Bürgermeister lud ihn zum Bier ein und alle Honoratioren feierten ihn wie einen Helden.

Da schwoll dem Schneider das Herz und er dachte: Bin ich nicht zu Höherem geboren? Nicht nur die Stadt, sondern das ganze Land soll erfahren, wer ich bin, und der König muss mir seine Tochter zur Frau geben und das halbe Königreich dazu.

Der König empfing ihn freundlich, aber er wollte zunächst eine Probe seines Könnens. Er habe in seinen Wäldern ein Einhorn, das großen Schaden anrichte, dem solle der Schneider Manieren beibringen, besser noch – er könne es gleich beim Hofkoch abliefern.

„Nichts leichter als das!“ rief der Schneider. Er nahm den zweiten Löffel Mus aus dem Töpfchen und machte sich sogleich auf den Weg.

Nun sind Einhörner bekanntlich unhöfliche Tiere. Sie fragen nicht lange: Wohin des Wegs? oder grüßen freundlich, sondern sie spießen auf, wer oder was ihnen gerade über den Weg läuft. Kaum also hatte es den Schneider gesehen, scharrte es mit den Hufen, senkte den Kopf mit dem meterlangen Horn und stürzte auf ihn los. Der Schneider konnte gerade noch hinter eine Eiche springen, da rammte das Einhorn schon sein Horn in den Stamm und saß fest. Nun hatte er freilich leichtes Spiel. Er erlegte das Tier und trug es gleich mitsamt der Eiche in das Schloss. Da hatte der Koch den Braten und das Feuerholz dazu.

Der König war begeistert und sagte: „Das macht Euch so schnell keiner nach. Wenn Ihr nun auch noch zwei Riesen erschlagen würdet, die bei uns viel Unheil anrichten, so ist Euch das halbe Königreich und die Hochzeit mit meiner Tochter schon fast sicher.“

Der Schneider erschlug natürlich die beiden Riesen, nachdem er den letzten Löffel Mus aus dem Topf genommen hatte, und musste sich nun, wie es üblich war, der dritten und letzten Aufgabe stellen.

„Diesmal dauert Ihr mich", sagte der König, „denn Eure Kraft wird Euch nicht helfen."

Der Schneider musste in das Tal der Wilden Frau, und mit der hatte es eine besondere Bewandtnis. Sie war nämlich unsterblich. Kam ein Wanderer des Wegs, so lockte sie ihn in ihr Häuschen und las ihm Gedichte vor, die sie selbst verfasst hatte, und sie las ohne Unterlass, bis der Ärmste vom Stuhl fiel und sich den Hals brach. Weigerte sich aber einer, das Haus zu betreten und lief davon, so rannte sie ihm nach und rezitierte so lange, bis er zu Boden sank.

Der Schneider sollte sie zum Verstummen bringen, damit sie kein Unheil mehr anrichten konnte. Mein Mustöpfchen ist zwar leer, dachte er, aber ich muss ja auch keine Riesen mehr erschlagen. Der Alten werde ich anders beikommen. Ich will mir Bienenwachs in die Ohren stopfen, da kann sie reden, so viel sie will.

Zufrieden machte er sich auf den Weg, sang das Lied von den drei klugen Schneidergesellen und wanderte ins Tal der Wilden Frau. Die empfing ihn mit großer Freude, ließ ihn auf einem Stuhl Platz nehmen und begann sogleich, ihm vorzulesen. Sie las von Blumen und Wiesen, von Nachtigallen im Hain und vom bleichen Mond. Sie ließ die Sterne funkeln und die Nebel wallen, und am Bach klapperte eine Mühle nach der anderen. Der Schneider aber hörte ja nichts. Er blinzelte nur fröhlich ins Licht der Butzenscheiben, stellte sich das goldene Hochzeitskleid seiner Braut vor und haderte mit sich selbst, ob es aus Samt und Seide oder aus Brokat genäht werden sollte. Das hielt ihn munter.

Ab und zu rief er: „Lauter, gute Frau, ich verstehe ja nichts!", und wenn er „Zugabe!" rief, strahlte ihr Gesicht wie die liebe Sonne. Schließlich dunkelte es, die Kerzen wurden angezündet, und munter ging's weiter. Der Schneider rief ab und zu sein „Lauter, gute Frau!“ und „Zugabe!“, und sie schrie, so laut sie nur konnte. Zuletzt aber ächzte und nuschelte sie nur noch, bis ihre Stimme gänzlich versagte. Da brach sie erschöpft in Tränen aus und ließ den Schneider ziehen. Sie weinte ohne Unterlass, so dass sich ein großer See ausbreitete, in dem sie mit ihrem Häuschen versank. Doch manchmal, wenn es still war, hörte man sie aus der Tiefe heraus blubbern und glucksen.

Der Schneider feierte seine Hochzeit, und es wurde der beste Wein eingeschenkt und Braten gab's in Hülle und Fülle und getanzt wurde bis in die frühen Morgenstunden, bis die Prinzessin müde wurde und in ihr Schlafzimmer wollte. Da bat sie den Schneider, sie über die Schwelle zu tragen, wie es üblich war. Doch so sehr er sich auch mühte, die Prinzessin war für ihn zu schwer.

Da lief er los, um die Frau mit dem Pflaumenmus zu suchen. Die Prinzessin aber hieß er, auf der Türschwelle Platz zu nehmen und auf ihn zu warten. Und da sitzt sie noch heute.

DIE DRILLINGE

Eine Frau erfuhr in einem Krankenhaus, dass sie in ein paar Monaten Drillinge gebären würde, drei gesunde Knaben hieß es. Sie freute sie sich über die guten Aussichten und machte sich sogleich Gedanken darüber, was aus den dreien einmal werden könnte. Da nahm die Großmutter sie eines Tages beiseite und sagte:

„Wenn du es genau wissen willst, was aus deinen Kindern einmal wird, dann geh heut Nacht zum See vor dem Dorf, schau ins Wasser und denke fest an sie, dann wirst du es erfahren."

Da ging die Frau voller Erwartung zum See, dachte an ihre noch ungeborenen Kinder, schaute ins Wasser und erschrak. Der erste war Chef einer Bank und steckte seine Hände in fremde Taschen. Er stahl ohne Skrupel, indem er wertlose Aktien an gutgläubige Kunden verkaufte. Der zweite trug ein schwarzes Kapuzenshirt, war Berufsdemonstrant und verbrannte sich die Hände an einem zu früh explodierenden Molotow-Cocktail. Er setzte alles in Brand, was brennbar war: Ladengeschäfte, Wohnhäuser, vor allem Autos, und beobachtete mit Begeisterung, wenn explodierende Benzintanks in die Höhe schossen und sich ein bunter Funkenregen auf die Straße senkte. Der dritte aber hatte zwei linke Hände, er wurde Politiker. Er hatte viel Phantasie. Seine Reden erreichten aber in einer Verquickung von Dichtung und Wahrheit ein ungewöhnlich hohes Maß an Unglaubwürdigkeit, bis ihn das Publikum auspfiff und mit Eiern bewarf.

Da schlug die Frau vor Gram die Hände vors Gesicht und wollte sich ertränken, doch zuvor klagte sie Gott ihr

Leid, und der erhörte sie und sagte, sie solle beruhigt nach Hause gehen, er werde alles zum Guten wenden.

Nach Jahr und Tag, als die Drillinge herangewachsen waren und jeder einen Beruf ergriff, wurde jener, den das Schicksal zunächst zum diebischen Bankier bestimmt hatte, Illusionist und zauberte seinem Publikum die Geldbörsen aus den Taschen und natürlich wieder hinein. Der zweite, der eigentlich Häuser und Autos hätte anzünden sollen, wurde Feuerwerker und schoß die buntesten Raketen in den Himmel. Der dritte aber, der mit den linken Händen, der Politiker hatte werden sollen, wurde Schriftsteller. Er schrieb Romane, die niemand lesen wollte, und lebte recht und schlecht von Sozialhilfe, gelegentlichen Manuskriptlesungen und Projekten, bis ihm mitfühlende Freunde zum 40. Geburtstag zum Gewinn eines kleinen Literaturpreises verhalfen.

Da feierten alle drei bis in die Nacht hinein. Nur die Mutter feierte nicht mit, denn sie musste noch die Wäsche ihrer Söhne waschen und das Essen für den nächsten Tag vorbereiten, und sie seufzte, wenn sie daran dachte, wie am nächsten Tag die Zimmer der Drillinge aussehen würden.

DIE GUTE FEE

An einem Abend saß ein altes Bauernpaar redlich müde von der Arbeit am Tisch und löffelte seine Suppe. Da wurde es plötzlich ganz hell in der Stube und eine wunderschöne junge Frau in einem goldenen Kleid stand im Zimmer und sagte: „Ich bin die Glücksfee Anna Güldenpfennig und werde euch drei Wünsche erfüllen.“

„Das wär’ nicht schlecht“, freute sich der Bauer, „aber was sollen wir uns wünschen?“

„Irgend etwas“ sagte die Fee fröhlich, „was immer ihr wollt. Wünscht euch doch eine Kuh.“

„Kommt nicht in Frage“, sagte der Bauer, „wir haben schon eine, und für eine zweite reicht das Futter nicht.“

„Na schön“, sagte die Fee, „es kann ja auch etwas anderes sein. Vielleicht möchtet ihr ein neues Haus. Das eure ist schon sehr alt.“

„Niemals“, wehrte der Bauer ab, „uns ist das alte gut genug.“

„Schon recht“, sagte die Fee, „aber ein neues wär’ doch besser. Ihr wünscht es euch, und im Nu ist es da.“

„Das kennt man schon“, erwiderte der Bauer, da wird ruckzuck etwas hingebaut, und dann muss man sich mit dem Schund herumplagen, überall bröckelt der Putz von den Wänden und die Türen klemmen.“

„Aber nein“, sagte die Fee, „in diesem Haus klemmt keine Tür und es fällt auch kein Putz von den Wänden und ein Zimmer wird schöner als das andere sein.“

„An wie viele Zimmer habt ihr denn so gedacht?“ fragte der Bauer misstrauisch. „So viele ihr wollt“, rief die Fee, „20 oder 30 oder noch mehr!“

„Das fehlte noch“, mischte sich jetzt die Bäuerin ins Gespräch, „wer soll denn das alles sauber halten? Glaubt Ihr denn, ich habe so viel Zeit?“

„Also gut“, rief die Fee ungehalten, „dann wünscht euch ein Haus mit zwei Zimmern.“

„Das haben wir schon“, versetzte der Bauer gelassen.

„Dann wünscht euch eben etwas anderes“, sagte die Fee händeringend. Wie wär's mit 100.000 Talern?“

Da verfinsterte sich das Gesicht des Bauern. „Ihr denkt wohl, wir lassen uns zum Narren halten. Wir haben schon einmal einen Brief bekommen und darin war von 10.000 Talern die Rede, die wir gewonnen hätten, und dann war's nichts. Wir sollten nur irgendwelche Küchengeräte kaufen.“

„Aber nein!“ rief die Fee verzweifelt. „Ihr müsst überhaupt nichts kaufen, ihr bekommt das Geld sofort!“

„Das sagen alle“, entgegnete der Bauer unbeirrt, „auf so etwas fallen wir nicht mehr rein.“

„Aber irgend etwas müsst ihr euch doch wünschen“, rief die Fee, den Tränen nahe, „es ist mein Amt, Wünsche zu erfüllen!“

Da lächelte die Bäuerin und sagte: „Ich hätt' schon einen Wunsch.“

„Da bin ich aber froh“, rief die Fee erleichtert, „euer Wunsch wird euch sofort erfüllt.“

„Ach“, sagte die Bäuerin, „wenn es nicht zu viel verlangt wäre, hätte ich gern Euer goldenes Kleid, so was Schönes habe ich noch nie gesehen.“

Da erschrak die Fee heftig. „Das geht doch nicht“, flüsterte sie und wurde über und über rot, „dann wär' ich doch nackt.“

„Nur zu, nur zu“, rief der Bauer und rieb sich erwartungsfroh die Hände, „geniert Euch nur nicht!“

Doch da besann sich die Bäuerin und sagte: „Das könnte

dir so passen, alter Zausel." Und zur Fee: „Behaltet das Kleid nur, ich wüsste auch gar nicht, wo ich es anziehen sollte. Im Stall oder auf dem Feld würde ich es nur verderben."

Da atmete die Fee auf, schlüpfte im Nu zur Tür hinaus und ward nie mehr gesehen.

Der Bauer und die Bäuerin aber gingen zu Bett und träumten etwas Schönes – die Bäuerin vom wunderschönen goldenen Kleid der Fee und der Bauer von dem, was darunter zu vermuten war.

DIE PRINZESSIN UND DER FROSCH

Es war einmal eine Prinzessin, die war nicht sehr schön, aber sie war groß und stark, rund und drall, denn sie aß über alle Maßen. Sie hatte alles, was sich eine Prinzessin nur wünschen konnte: Einige hundert Kleider, goldene Schuhe und den schönsten Schmuck, aber sie hatte nie genug, und hatte sie schlechte Laune, warf sie mit Steinen, und der König musste aufpassen, dass er nicht einen abbekam.

Da war's dann aber irgendwann genug, und er schimpfte: „Was bist du nur für eine Prinzessin, hier wird nicht mit Steinen herumgeworfen. Ich will dir Murmeln aus Elfenbein kaufen."

Die Prinzessin aber maulte: „Was fang ich mit solchen Kleinigkeiten an. Kauf mir etwas Größeres."

„Gut", sagte der König, „du bekommst Kugeln aus Gold, wie es sich für eine Prinzessin gehört, aber wenn ich im Garten bin, wird nicht mehr geworfen."

Das versprach die Prinzessin, und sie bekam dreizehn goldene Kugeln, jede ein Kilo schwer.

Was allerdings der Königin nicht gefiel: „Das kostet uns ein Vermögen", seufzte sie, „wir sollten sie verheiraten, dann kann sich ein Prinz mit ihr herumärgern."

Der König war einverstanden und versprach dem, der sie zur Frau nahm, das halbe Königreich dazu. Aber es fand sich kein Prinz, der sie hätte heiraten wollen, obwohl der König Prinzen aus aller Welt zur Besichtigung der Prinzessin herbeiholen ließ.

„Sie würde uns zerdrücken", sagten sie und machten, dass sie davon kamen.

Da ärgerte sich die Prinzessin, dass keiner sie haben wollte, und sie warf mit den goldenen Kugeln um sich, bis sie nur noch eine, die dreizehnte, hatte, und die landete in einem Brunnen und fiel einem Frosch – der allerdings ein verzauberter Prinz war – auf den Kopf. Der begann sogleich zu schimpfen, wer schmeißt denn hier mit goldenen Kugeln rum, so etwas macht man doch nicht, und wenn er kein Frosch wäre, sondern wie vor Zeiten ein Prinz, würde er ihr schon helfen.

„Das lässt sich einrichten", freute sich die Prinzessin. Sie nahm ihn aus dem Brunnen und warf ihn gegen die Schlosswand, dass es nur so platschte, und im Handumdrehen war der Frosch tatsächlich ein Prinz mit Degen und Krone, und seine Strumpfhose war mit goldenen Ornamenten bestickt. Er war allerdings etwas klein und zierlich geraten.

Heiraten kann man den nicht, dachte die Prinzessin, aber zum Spielen ist er sicher zu gebrauchen, und sie nahm ihn mit aufs Schloss, um ihn ihren Eltern zu zeigen.

Dem König gefiel dieser kleine Prinz nicht. „Was soll unsere Tochter mit diesem Erpelmännchen machen?", flüsterte er der Königin ins Ohr.

Die hingegen befand, er sei niedlich, und sie sagte: „Denk doch bloß mal an dich. Du warst schließlich auch mal so ein Hänfling. Wir werden ihn schon herausfüttern."

Der König besah sich seinen Bauch und meinte: „Ich bin stattlich geworden, das ist wahr. Also wollen wir es mit dem Prinzen versuchen."

Doch der Prinz wurde und wurde nicht stattlich. Er aß nur winzige Bröckchen, und wenn ihm die Prinzessin ein großes Stück Braten in den Mund stopfte, drohte er zu ersticken und hustete zum Gotterbarmen. Die Prinzessin hingegen verzehrte im Handumdrehen zwei fette Gänse und ein Pfund Schokoladenpudding hinterdrein, als habe sie wochenlang gehungert, und danach trank sie eine halbe Flasche Wein. Der kleine Prinz hingegen nahm verlegen lächelnd etwas Mineralwasser zu sich.

„So geht das nicht weiter“, sagte eines Tages der König, „wir wollen beraten, was mit dem Prinzen geschehen soll.“

Da sagte die Prinzessin, dass sie ihn nicht mehr wolle. Zum Spielen sei er nicht zu gebrauchen. Wenn sie ihn mal auf den Arm nehme und in die Luft werfe, habe er Angst und schreie oder er flüchte sich unter das Bett. Außerdem habe er kalte Hände und schnarche.

Die Königin aber wollte das nicht gelten lassen. „Dein Vater schnarcht auch“, sagte sie, „was ist schon dabei.“

Die Prinzessin maulte: „Er ist auch noch etwas grün.“

„Das macht gar nichts“, entgegnete die Königin, „das wächst sich aus. Er war schließlich jahrelang ein Frosch. So was bleibt nicht ohne Folgen.“

„Aber er fängt Fliegen und frisst sie!“, rief die Prinzessin voller Empörung.

„Das ist ja ekelhaft“, meinte nun auch die Königin und schüttelte sich. „Ich hab’ mich schon gewundert, dass es im Schloss kaum noch welche gibt.“

Und alle waren sich nun darin einig, dass der Prinz aus dem Haus musste.

Das übernahm die Prinzessin. Mal sehen, dachte sie, ob wir diesen Prinzen nicht rückgängig machen können! Sie fing ihn ein, als er gerade mit seinen Kieselsteinen spielte und warf ihn gegen die Schlosswand, dass die Mauern wankten.

Und tatsächlich wurde aus dem Prinzen wieder ein Frosch. Der sprang mit einem großen Satz zurück in seinen Brunnen, und da sitzt er noch heute, fängt sich eine Fliege und ist zufrieden.

HÄNSEL UND GRETEL

In einer großen Stadt, in der kaum einer den anderen kannte, lebten mit ihren Eltern einst zwei Kinder, und die hießen Hänsel und Gretel.

Die beiden lärmten in der Wohnung derart, dass die Nachbarn ihre Rechtsanwälte schickten, um für Ruhe zu sorgen, und die Eltern ärgerten sich tagein tagaus. Da banden sie ihnen den Mund zu, doch das half nichts, denn die Kinder klatschten nun in die Hände. Da banden sie ihnen die Hände, doch nun stampften sie mit den Füßen. Schließlich beschlossen sie, die Kinder auszusetzen, denn sie wollten sich nicht mehr mit ihnen herumplagen. Sie brachten sie in einen weit abgelegenen Wald und sagten ihnen, hier könnten sie spielen und herumtoben, soviel sie wollten, und am Nachmittag würden sie wieder abgeholt.

Da freuten sich die Kinder und spielten, bis es Abend wurde. Doch die Eltern kamen nicht, und die Kinder riefen nach ihnen, aber niemand antwortete. Nur ein Käuzchen strich über sie hinweg und die Bäume flüsterten geheimnisvoll miteinander. Da fürchteten sie sich und weinten. Doch schließlich schliefen sie ein und die Nacht trocknete ihre Tränen und die Sonne am Morgen nahm ihnen die Furcht.

Und Gretel sagte: „Unsere Eltern werden sich womöglich verlaufen haben, wir sollten sie suchen."

Da suchten sie den ganzen Tag, aßen ein paar Beeren, ohne satt zu werden, und als es Abend wurde und sie die Eltern nicht gefunden hatten, weinten sie wiederum. Und wieder trocknete die Nacht ihre Tränen und die Sonne nahm ihnen die Furcht.

Und als die dritte Nacht kam, hatten sie keine Tränen

mehr und Gretel sagte: „Nun kommen unsere Eltern nicht mehr, aber wir werden den Weg nach Hause auch allein finden."

Als es dann Tag geworden war, nahm sie den Hänsel bei der Hand und sie liefen beide bis zum Mittag und ihr Hunger lief mit ihnen. Da sahen sie ein Häuschen auf einer Lichtung stehen mit niedrigem Dach und schiefen Wänden und einem winzigen Garten vor der Tür.

„Hier bekommen wir etwas zu essen", rief Hänsel und klopfte gegen die verschlossene Tür. Aber niemand öffnete. Da schlug Gretel ein Fenster ein, während Hänsel wütend einige Ziegel vom Dach riss. Doch da öffnete sich plötzlich die Tür und eine uralte Frau trat heraus und rief mit dünner Stimme: „Warum schlagt ihr mein Häuschen?"

Und die Kinder antworteten: „Weil wir unseren Kummer schlagen müssen."

„Und was bekümmert euch?" fragte die Alte.

„Unsere Eltern wollen uns nicht mehr haben", riefen die Kinder.

„Ach", seufzte die Alte, „mir ging's ähnlich, mich wollten meine Kinder nicht mehr haben. Seitdem lebe ich hier allein im Wald."

„Das rührt uns nicht", rief Hänsel, „denn wir haben Hunger. Gebt uns nur ordentlich zu essen, dann wollen wir weiterziehen. Am liebsten hätt' ich einen Hamburger mit Fleisch, Tomaten und grünem Salat, so groß wie ein Tisch."

„So etwas hab' ich nicht", sagte die Alte.

„Dann mach' uns einen Braten, so rasch du kannst", rief Gretel.

„Ich hab' auch keinen Braten", sagte die Alte traurig, „ich hab' nicht einmal Brot."

„Das wird sich finden", rief Hänsel, und während Gretel im Backofen das Feuer anzündete, durchsuchte Hänsel den

Stall, fand aber weder Hühnchen noch Hähnchen, sondern nur ein Säckchen mit Hirse.

Da begann die Alte zu jammern, denn die Hirse war alles, was sie hatte, und sie versuchte, Hänsel das Säckchen zu entreißen. Aber der ließ nicht los, und Gretel stieß die dürre Alte beiseite, umfasste ihre Beine und schob sie kopfüber in die Glut des Ofens und schlug hinter ihr die eiserne Ofentür zu. Da musste nun die Alte elend verbrennen.

Die Kinder kochten die Hirse und ließen es sich schmecken. Danach sah sich Hänsel im Haus der Alten um, fand aber nur ein kupfernes Siehstenix, ein silbernes Warteweilchen und ein goldenes Nischtchen, das wollte er den Eltern mitbringen. Gretel aber steckte die Streichhölzer der Alten ein, und sie lächelte dabei sehr böse.

Auf einem Feldweg trafen sich ein Esel, ein Hund, eine Katze und ein Hahn und beklagten ihr Schicksal.

„Mich wollte man nicht mehr haben“, rief der Esel, „denn in unserem Garten wurde ein großes Wasserbecken für japanische Fische gebaut, da war kein Platz mehr für mich. Obwohl ich meinem Herrn treu gedient habe.“

„Wem sagst du das“, jammerte der Hund: „Mich haben sie an einem Autobahnrastplatz ausgesetzt und sind auf und davon nach Italien.“

„Die Welt ist ungerecht“, sagte die Katze, die man in einem Müllcontainer entsorgt hatte, als sie nicht mehr klein und verspielt war. Und der Hahn sollte wegen seines lauten Krähens, das die Nachbarn störte, in den Kochtopf.

Da hatten sie nun alle ihr Leid geklagt und der Esel sagte: „Kommt mit, wir gehen in die weite Welt, in Gesellschaft wandert es sich besser, und irgendwo werden wir schon unterkommen.“

Sie liefen lange, bis es dunkelte und sie in einen Wald kamen, in dem ein Haus stand, dessen Lichter sie neugierig machten.

„Lasst uns mal nachsehen“, sagte der Esel, „ob es hier nicht ein Plätzchen für uns gibt.“

Sie gingen zum Haus und sahen, wie sich darin dreie am Tisch gütlich taten. Sie aßen und tranken wie die Scheunendrescher, und alle trugen goldene Ketten und Ringe und Anzüge aus feinstem Stoff und hatten Dreitagebärte.

„Das müssen fleißige Leute sein“, sagte der Esel respektvoll. „Sie haben nicht einmal Zeit, um sich die Bärte zu rasieren.“

„Das sind reiche Leute“, sagte der Hahn und ihm schwoll der Kamm vor Neid, denn in den Ecken des Zimmers sah er Säcke, die vor lauter Gold und Silber überquollen.

„Das müssen Halunken sein“, knurrte hingegen der Hund, „das rieche ich schon von weitem. Der Sorte ist nicht über den Weg zu trauen. Lasst uns verschwinden.“

Doch die Katze sagte: „Wo viel ist, ist auch viel zu holen.“

„Richtig“, sagte der Esel, „wir wollen sehen, wie wir's anstellen.“ Und alle vier sahen sehnsüchtig durchs Fenster.

„Schaut nur“, knurrte der Hund, „die fressen Braten und Wurst.“

„Schaut nur“, schnurrte die Katze, „sie essen Lachs und Kaviar.“

„Schaut nur“, sagte der Hahn, „sie essen weißes Brot.“

„Und wundervoll grünes Gemüse“, schwärmte der Esel.

Im Haus ging es indessen lustig zu. Die drei am Tisch schwangen die Becher und sangen: „Die Leut' übers Ohr hauen ist keine Schand', das tun die Schlausten im ganzen Land.“

„Wir werden gleich mal sehen, wie schlau ihr seid“, sagte da ingrimmig der Esel, und er hieß den Hund, ihm auf den Rücken zu springen. Die Katze setzte sich auf den Hund und obenauf flatterte der Hahn. Der Esel nahm nun einen gehörigen Anlauf, und mit Gebrüll stürzte sich die ganze hungrige Gesellschaft durch das splitternde Fenster ins Zimmer. Da sprangen die drei Männer am Tisch entsetzt auf, denn sie dachten, ein fürchterliches Ungeheuer sei über sie hergefallen. Sie ließen alles stehen und liegen und rannten hinaus in den Wald.

Die Tiere aber setzten sich zu Tisch und aßen und tranken nach Herzenslust, bis sie müde wurden und sich jeder einen Schlafplatz suchte. Der Esel legte sich ein Fuder Haferstroh vors Bett und streckte sich darauf aus. Der Hund sprang aufs Sofa, die Katze legte sich vor den warmen Ofen und der Hahn flatterte auf die Hutstange.

Die drei im Wald aber besannen sich, nachdem sie sich von dem ersten Schrecken erholt hatten, und sagten: „Vielleicht haben wir uns ins Bockshorn jagen lassen. Lasst uns doch einmal nachschauen, wer uns aus dem Jagdhaus vertrieben hat."

Sie schlichen zum Haus zurück, in dem die Tiere längst schliefen, und tasteten sich durch die dunklen Zimmer, bis einer von ihnen auf den Esel trat. Der schrie auf, und nun wurden alle wach und fielen über die Eindringlinge her. Der Hund biss um sich, dass die Hosenfetzen nur so flogen, die Katze sprang auf und zerkratzte ihnen das Gesicht, der Esel schlug mit den Hufen und der Hahn schrie von seiner Stange: „Haltet die Strolche, lasst sie nicht entkommen und bringt sie vors Gericht!"

Da verhielten die drei an der Tür, und einer begann zu lachen, dann der zweite und der dritte auch, und sie lachten um so mehr, je öfter der Hahn ihnen mit dem Gericht drohte. Sie lachten so unbändig, dass ihnen die Augen tränten, und konnten gar nicht mehr aufhören. Schließlich griffen sie zu ihren Handys und riefen die Polizei. Die Hüter des Gesetzes ließen auch nicht lang auf sich warten, um die Störenfriede festzunehmen. Sie beschuldigten die Tiere des Raubes und der Nötigung in Tateinheit mit Körperverletzung. Und da der Hund in seinem ohnmächtigen Zorn einem Polizisten ins Bein gebissen hatte, kam auch noch Widerstand gegen die Staatsgewalt hinzu.

VOM ROTKÄPPCHEN, DEM WOLF, DER GROSSMUTTER UND DEM JÄGER

Es war einmal ein kleines Mädchen, das nannte jeder nur Rotkäppchen, weil es ein rotes Mützchen trug. Das wohnte allein mit der Mutter am Rande eines Waldes. Fernab davon, am anderen Ende des Waldes, lebte die Großmutter von Rotkäppchen in einem Häuschen und fristete mühselig und einsam ihre Tage. Nur Rotkäppchen kam manchmal zu Besuch, und das war immer ein Freudentag für beide.

Da sagte eines Tages die Mutter zu der Kleinen: „Es wird wieder einmal Zeit, dass du die Großmutter besuchst, denn ich habe zu tun. Bring' ihr einen Kuchen und eine Flasche Wein, aber geh' nicht in den Wald, sondern bleibe immer auf dem Weg, denn im Wald haust seit einiger Zeit wieder ein gefräßiger Wolf."

Das Mädchen aber blieb nicht auf dem Weg, denn es sah im Wald viele Blumen, und sie sagte sich: Ich pflücke der Großmutter einen Strauß, da wird sie sich freuen!

Doch gerade als sie damit fertig war, kam der Wolf, vor dem die Mutter sie gewarnt hatte. Aber der war ganz und gar nicht böse, sondern freundlich. Und als er erfahren hatte, wohin das Mädchen wollte, sagte er: „Komm mit. Setz dich auf meinen Rücken, ich bring dich hin."

Da dachte das Mädchen: Warum sollte ich mich nicht auf seinen Rücken setzen, mit dem Wolf bin ich im Handumdrehen durch den Wald.

Die Großmutter staunte freilich nicht schlecht, als sie Rotkäppchen auf einem Wolf daherkommen sah, aber sie fragte nicht lange, sondern bat beide ins Haus, stellte Kuchen und Wein auf den Tisch, und Rotkäppchen nahm die Blumenvase aus dem Schrank und sprang damit lustig zur

Tür hinaus, um Wasser vom Brunnen zu holen. Die Großmutter seufzte ihr mit feuchten Augen hinterher.

„Ach ja“, sagte sie zum Wolf, „das Kind ist meine einzige Freude. Wenn ich Rotkäppchen nicht hätte, könntest du mich auffressen, denn was sollte ich da noch auf dieser Welt.“

Da schüttelte der Wolf beleidigt den Kopf und sagte: „Was redest du denn da, Großmutter? Wir Wölfe fressen keine Menschen, weder alte noch junge. Vor Zeiten hat in einem fernen Land eine Wölfin sogar zwei kleine Kinder mit ihrer eigenen Milch aufgezogen. Aber so was wird ja immer verschwiegen. Das ganze Gerede von unseren angeblichen Untaten haben wir nur dem Jäger zu verdanken. Der macht uns schlecht, wo er kann.“

Da wunderte sich die Großmutter und fragte: „Wenn ihr keine Menschen fresst, was fresst ihr dann?“

Da kam Rotkäppchen mit der Vase ins Zimmer gesprungen und rief munter: „Ziegen frisst du, und Schafe auch, oder etwa nicht?“

„Nun ja“, sagte der Wolf verlegen, „Ziegen und Schafe schon, von irgend etwas muss sich unsereins schließlich ernähren. Doch ständig wird einem das vorgehalten.“

Da lächelte die Großmutter und sagte: „Reg dich nicht auf. Heute haben wir etwas besonders Gutes auf dem Tisch. Schau nur, den schönen Kuchen, und der Wein wird dir sicher auch munden.“

„Das wär’ doch nicht nötig gewesen“, zierte sich der Wolf. Aber dann langte er kräftig zu, und im Handumdrehen hatte er den Kuchen aufgefressen. Danach trank er auch noch den Wein aus und versuchte, ein Lied anzustimmen, ließ es dann aber sein und fragte, nachdem er die Großmutter lange gemustert hatte: „Sag einmal, Großmutter, wieso hast du eigentlich so große Augen?“

Und die Großmutter antwortete erstaunt: „Das ist nur

meine Brille, damit kann ich dich besser sehen." Der Wolf kicherte albern und wollte nun auch noch wissen, warum die Großmutter so große Ohren habe. Und sie sagte: „Damit ich dich besser hören kann. Aber nun sag mir einmal, warum hast du so ein entsetzlich großes Maul?"

Da schwieg der Wolf beschämt und dachte: Ich hätte nicht den ganzen Kuchen verschlingen und den Wein austrinken sollen, sie nimmt mir das übel. Und er wurde plötzlich sehr traurig und klagte, dass er eine unglückliche Kindheit gehabt habe. Vater und Mutter seien vom Jäger erschossen worden und er habe sich ganz allein durchs Leben schlagen müssen. Dabei heulte er ein wenig. Schließlich wollte er wissen, wieso er plötzlich sechs Beine habe, versuchte aufzustehen, fiel aber hin und schwankte, nachdem er sich aufgerappelt hatte, zur Tür hinaus, zum Brunnen, denn er verspürte plötzlich großen Durst.

Unterwegs rannte er noch den Jäger über den Haufen, der gerade bei der Großmutter nach dem rechten schauen wollte. Der dachte ingrimmig, du kommst mir gerade recht, du grauer Halunke, und als der Wolf sich über den Brunnen neigte, um zu trinken, gab er ihm einen Stoß, dass er vornüber ins Wasser stürzte.

Da kamen die Großmutter und Rotkäppchen aus dem Haus gelaufen, und die Großmutter schimpfte auf den Jäger, denn es sei verboten, Wölfe in Brunnen zu ertränken, und der Jäger musste den Wolf wieder aus dem Wasser ziehen. Und nun waren sie alle wieder vereint: der Wolf, Rotkäppchen und die Großmutter. Und sie tanzten fröhlich singend um den Brunnen herum.

Nur der Jäger war übellaunig. Er setzte sich am Wegesrand auf einen Wackerstein, lud sein Gewehr mit einer extra großen Kugel und wartete …

VON EINEM, DER AUSZOG, DAS FÜRCHTEN ZU LERNEN

Ein Vater hatte zwei Söhne. Der eine war gescheit, der andere aber war einfältig. Der Gescheite war zart und ängstlich. Der Einfältige hingegen war stark und fürchtete sich vor nichts. Wenn des Abends im Fernsehapparat von Mord und Totschlag, von Raubüberfällen, Geiselnahmen und von Menschen erzählt wurde, die mit ekelhaften Würmern und Käfern bedeckt wurden oder von solchen, die sich bereit fanden, von anderen gefressen zu werden, zitterte der Gescheite vor Angst. Der Einfältige aber wunderte sich darüber, dass er sich nicht fürchtete und rief: „Ach wenn es mir doch auch einmal gruseln würde."

Als dann nach Jahr und Tag die Zeit kam, da er einen Beruf erlernen sollte und der Vater ihn fragte, was er denn lernen wolle, antwortete er: „Am liebsten möchte ich das Gruseln lernen, lieber Vater."

Da seufzte der Vater und sagte: „Damit wirst du dein Brot nicht verdienen", und er gab ihn zu einem Tischlermeister in die Lehre, und dachte, vielleicht kann der ihm die Flausen abhobeln.

Der Tischler war mit dem Jungen zufrieden, denn er war fleißig und arbeitete für wenig Geld bis in den Abend hinein. Deshalb sagte eines Tages der Meister: „Wenn du einen Wunsch hast, so will ich ihn dir erfüllen."

Da antwortete der Junge „Ach, Meister, wenn's mir doch endlich einmal gruselte, das ist mein einziger Wunsch."

Da dachte der Meister, wer bei dem geringen Lohn und der langen Arbeitszeit sich nicht gruselt, muss ein Narr sein, aber man kann ja nachhelfen, und er verlängerte die Arbeitszeit des Jungen bis nachts um zwölfe und verkürzte ihm den Lohn, dass ihm kaum noch etwas übrigblieb, um Brot zu kaufen. Da besann sich der Junge nicht lange, sondern griff nach einem ungehobelten Kantholz und schlug auf den Meister ein, dass dem Hören und Sehen verging.

Und der Meister schrie: „Werft den verfluchten Bengel aus dem Haus, mir gruselt schon, wenn ich ihn nur sehe."

Die Meisterin lief gleich hinterher und berichtete dem Vater, was geschehen war. Der schlug die Hände über dem Kopf zusammen und rief: „Ich muss mich für dich schämen, Junge. Geh mir aus den Augen."

„Das will ich gern tun", sagte der Junge, „doch das Gruseln habe ich noch immer nicht gelernt."

„Lern' was du willst," rief der Vater, „aus dir kann nichts werden."

Das hörte ein Vetter des Jungen, der gerade zu Besuch war, und dieser Vetter war ein angesehener Amtsschreiber, einer, der sich ein Vergnügen daraus machte, die Schreiben des hohen Stadtrates ins Amtsdeutsch zu übersetzen, so dass sie niemand mehr verstehen konnte. Der sagte: „Euer Junge gefällt mir, ich will ihn in die Lehre nehmen, da wird er das Gruseln schon lernen."

Als am nächsten Tag dem Jungen im Hause des Amtsschreibers ein Platz zugewiesen war, freute er sich. Das ist schon etwas anderes als Brettholz hobeln, dachte er, und fragte, was er denn nun schreiben solle.

„Nimm ein Gesetzblatt und schreib' es 777-mal ab", sagte der Amtsschreiber und dachte, da wird's ihm schon gruseln.

„Ist recht", entgegnete der Junge, und schrieb: „Gesetzblatt Nr. 64: Grundstücksverkehrsgenehmigungszuständigkeitsübertragungsverordnung". Da staunte er nur. „Das ist aber ein langes Wort, so etwas habe ich noch nie gesehen."

„Um sich so ein Wort auszudenken, muss man sehr gebildet sein“, sagte der Amtsschreiber, „und nicht ein solcher Dummkopf wie du. Schreib’s nur ab.“

Der Junge schrieb fröhlich drauflos, und nach vier Wochen hatte er’s geschafft und sagte zum Amtsschreiber: „Ich hab’ nun alles geschrieben, so wie Ihr’s angeordnet. Jetzt müsst Ihr aber alles lesen, denn es könnte mir ein Fehler passiert sein.“

Der Amtsschreiber aber lachte und meinte, das hätte ihm gerade noch gefehlt, dass er alle 777 Blätter lese. Doch der Junge legte seinen Knotenstock auf den Tisch und sagte: „Macht Ihr’s nicht, Vetterle, so wird’s Euch schlecht bekommen. Und lest laut Blatt für Blatt!“

Da blieb dem Amtsschreiber nichts übrig, als alles, was der Junge geschrieben hatte, laut vorzulesen. Aber es kam ihm sauer an, und schon am dritten Tag rief er: „Erlass mir das Lesen, Junge, es gruselt mir schon, wenn ich aufs Papier schaue, und des Nachts habe ich Albträume.“

Da hatte der Junge Mitleid und erließ ihm das Vorlesen.

Doch er war traurig und dachte: Das Gruseln muss eine große Kunst sein, mein Bruder konnte es, der Tischler auch und das Vetterle ebenfalls. Nur ich kann’s nicht.

Und er ging mit seinem Kummer in ein Wirtshaus. Da saßen gerade ein paar Soldaten, die tranken ihr Bier und waren lustig. Der Junge setzte sich zu ihnen und sie fragten ihn nach seinem Woher und Wohin, und der Junge antwortete, dass er unterwegs sei, um das Gruseln zu lernen.

„Komm zu uns, Kamerad,“ riefen die Soldaten, „wenn die Kugeln pfeifen, lernst du das Gruseln im Handumdrehen.“

„Wenn’s so ist“, sagte der Junge, „will ich gern bei euch bleiben.“ Ein alter Soldat aber nahm ihn beiseite und sagte: „Mach’s nicht, geh’ deiner Wege, Junge, so schnell du kannst!“

Doch der Junge hörte nicht auf ihn, und so führten ihn die anderen zum Korporal und der gab ihm eine Uniform und ein Gewehr.

Gerade zu dieser Zeit hatten zwei Könige Händel miteinander und die Soldaten mussten ins Feld. Da flogen die Kugeln dem Jungen wie ein Wespenschwarm um die Ohren und links und rechts von ihm fielen die Kameraden ins Gras, und schließlich stand er allein im Feld. Obwohl die Soldaten von der Gegenpartei unablässig auf ihn schossen und miteinander wetteiferten, ihn zu treffen, flogen alle Kugeln an ihm vorbei. Da kam ihnen das Grausen an und sie riefen: „Der Kerl ist kugelfest, gegen den können wir nichts ausrichten."

Und sie liefen davon, dass es nur so staubte.

Da stand er nun, der Junge, und um ihn herum lagen in langen Reihen die toten Kameraden, und einer von ihnen war der alte Soldat, der ihn gewarnt hatte, und da weinte er.

Der König aber, als er im fernen Schloss vom Sieg des Jungen erfuhr, ließ ihn voller Freude sofort rufen, ernannte ihn zum General und gab ihm seine jüngste Tochter zur Frau.

Da wurde nun unter großem Jubel Hochzeit gefeiert, man tanzte, war fröhlich und der Sekt floss in Strömen wie auf dem Schlachtfeld das Blut. Da gruselte es den Jungen, und je mehr die Gäste lachten und einander zutranken, um so mehr fürchtete er sich.

NACHWORT

Fabeln sind aus der Mode, nicht einmal am Deutschen Literaturinstitut in Leipzig werden sie noch gelehrt. Doch Ursula Schütt schert sich nicht um Moden. Sie stellt die Fabel, neben Märchen und Sagen die älteste Erzählform der Menschheit, vor ein literaturtheoretisches Gericht. Die Fabel belehre mit erhobenem Zeigefinger, wirft ihr die Anklage mit erhobenem Zeigefinger vor, ihr Moralisieren widerspreche dem Zeitgeist, moralisiert der Gelehrte.

Die Fabeln von Ursula Schütt beweisen, wie lebendig die totgesagte Gattung sein kann, wenn sie sich auf das Hier und Heute einlässt. Fabulieren heißt Geschichten erfinden. Und Allzubekanntes in Gleichnissen zu verfremden, der Menschen Tun und Lassen in der Welt der Tiere und Dinge zu spiegeln, ist das Wesen aller Poesie. Mit den Mitteln einer mehr als zweitausendjährigen Erzählform reduzieren die hier versammelten Fabeln unser ach so kompliziertes Dasein in den hoch komplexen Strukturen der Moderne auf einfache Geschichten. Und plötzlich sehen wir, dass unser hektisches Treiben sich noch immer um die alten Fragen dreht, die Äsop vor 2600 Jahren ins Tierische gewendet hat: um Habgier, List, Eitelkeit und Sehnsucht nach Anerkennung.

Weil sie uns von diesen menschlich allzumenschlichen Schwächen mit der Kraft der Abstraktion erzählen – lakonisch knapp, verkürzt auf das Wesentliche, auf den Witz der Sache selbst – sind die Geschichten echte neue Fabeln, die eine Moral, eine einfache Lehre enthalten, ohne belehrend zu moralisieren.

Vielleicht muss man, wie Ursula Schütt, vier Jahrzehnte lang Lehrer aus Berufung, mit Herz und Verstand, gewesen sein, um solch herzhaft erfrischende Lehren aufs Papier zu bringen. Geschrieben hat sie schon immer, auch eine eigene Literaturwerkstatt geleitet, doch in Buchform debütiert erst mit 66 Jahren. Nicht die Eitelkeit, sich gedruckt zu sehen, drängt sie auf den Markt, freundlich gelassen, und manchmal auch mit Zorn auf herrschende Dummheiten, berichtet sie von dem, was sie erlebt und erfahren hat. Und es freut und ehrt sie, dass ihre Fabel vom Hamster und den Ameisen mittlerweile auch ins Kamenzer Lessing-Museum aufgenommen wurde – als lebendiger Dialog mit dem Erbe.

Erfahrungen hat ihr Mann, Siegfried Schütt, in vielerlei Berufen gesammelt. 1937 in Lübbenau als Sohn eines Gutsinspektors geboren, ging er mit 14 zur See, war Baumaschinist, Baggerführer, Journalist und Redakteur. Erzählungen, Essays und Reportagen gehören zum Werk des Autors, der seit 40 Jahren mit seiner Frau in Dietzhausen bei Suhl lebt. Dort, im Schatten des Rennsteigs, haben die Leute noch Wurzeln im Raum und in der Zeit. Da gehen die Uhren langsamer, aber paradoxerweise genauer.

Während die Fabeln Heutiges ins Gewand vergangener Formen kleiden, erzählt Siegfried Schütt alte Märchen neu, webt er unsere Erfahrungen in die überkommenen Muster ein: da werden ausgesetzte Haustiere nicht zu Stadtmusikanten, sondern enden vor Gericht, kündet ein „Prinz Asip“ von der Ratlosigkeit mancher Pisa-Studie und erweisen sich Hänsel und Gretel als verwahrlost gefühlsarme Kids.

In beiden, den Fabeln und Märchen, geht es um das Hier und Jetzt, das uns auf dem Umweg scheinbar veralteter Formen überraschend nahe kommt – mal grimmig, voll boshafter Lakonie, die befreiend auflachen lässt, mal verhalten ironisch mit feinem Humor, der zum Nachdenken verführt.

Jens-Fietje Dwars

INHALT

Grimmige Fabeln

Fabelhafte Märchen

Die Fabeln und Märchen von Ursula und Siegfried Schütt
erschienen 2008 zunächst in der Edition Ornament.
Die vorliegende Fassung wurde von den Autoren
für diese Ausgabe überarbeitet und
mit zwölf neuen Fabeln
ergänzt.

ISBN 978-3-943768-68-8

Erste Auflage.

Satz, Layout und Grafik: Jens-Fietje Dwars
Druck: Gutenberg Druckerei GmbH Weimar
www.quartus-verlag.de